하늘갤러리

국립중앙도서관 출판예정도서목록(CIP)

하늘갤러리 : 권영분 시집 / 지은이: 권영분. – 서울 : 토
담미디어, 2015
    p. ;   cm. – (토담시인선 ; 021)

ISBN 979-11-86129-26-5 03810 : ₩8000

한국 현대시[韓國現代詩]

811.7-KDC6
895.715-DDC23   CIP2015024773

하늘갤러리

권영분 시집

토담미디어

시집을 내면서

어린 시절
우물가 청포도 넝쿨에
알알이 맺히는 열매를 보며
꿈을 키웠고
앞마당 꽃밭에
붉은 봉숭아꽃 손톱에 물들이며
꿈을 키웠고
미루나무 꼭대기에 걸린 달빛 길
엄마와 손잡고 미역 감던 그 냇가에서
꿈을 키웠습니다
어른이 된 지금은
한권의 시집을 세상에 내놓으며
꿈을 키웁니다
꿈은 내 마음에서 열심히 자라나
희망이 됩니다

차례

6

1부

하늘갤러리

하늘갤러리

삼월 초닷새 문을 열었습니다
초승달이 그림같이 떠오르고
빛나는 별들이 보석처럼 아름답습니다
잊은 듯이 살다가 바쁜 듯이 달려가다가
눈썹 같은 예쁜 달이 걸리면
우리 엄마의 생신을 알게 됩니다
그런 날이면 온통 거리에도 산에도
아름다운 꽃들이 피어나고
온 세상은 꽃등불로 물들지요
이 세상 어느 명작보다 빛나는
삼월 초닷새라는 풍경
마음 가득 정성을 담고
두 손 가득 정성을 담아
그 작품을 감상합니다
언제까지나 문이 닫히지 않는
갤러리가 되기를 간절히 기도합니다

태몽

육십이 년 전 빨갛게 익은 잘 익은 예쁜 사과를 들고

우물가에서 맑은 물이 퐁퐁 넘치는 샘물을 보시고

우리 엄마는 저를 가지셨다고 합니다

어머니가 들려주시는 태몽을 들으며 얼마나 행복하든지요

우리 엄마도 아주 기분 좋은 꿈이었다고

저를 주신 태몽은 지금까지 선명하다고 말씀하십니다

넌 정말 언젠가는 좋은 일이 있을 거야

그 날이 꼭 올 거라고 어머니는 제게 힘을 주십니다

사랑이 넘치는 부모님께

나눔을 배웠고 배려를 배웠고 노릇을 배웠습니다

좋은 부모님 만나 사랑으로 자랐습니다

최고의 복이었지요

아직도 꿈을 꾸는 것은 빨간 사과처럼 농익고 싶어서

붉은 열정이 아직 남아서

남은 시간 예쁜 사과처럼 잘 익어 가겠습니다

어머니가 들려주시는 태몽이 옛날이야기처럼 재미있습니다

울 엄마

쑥향이 진하게 납니다
쑥 한 바구니 뜯으셨나 봅니다

딸기꽃처럼 볼이 예쁩니다
정성껏 키운 딸기물이 들었나봅니다

풋풋한 풀내음이 납니다
봄나물을 캐오셨나 봅니다

라일락꽃 향기가 납니다
꽃나무 아래 풋잠을 주무셨나봅니다

울 엄마의 향수는
엄마 품에서만 나는 자연향입니다

막걸리

한 끼 식사보다
한 사발의 막걸리를 즐기신 아버지

그 취기로 들녘을 둘러메고
반가운 친구들을 얼싸안고

무릎으로 불콰해진 술기운으로
자식들을 보듬어주신 아버지

집안의 내력인 듯
동생도 그 사람도 즐긴다

막걸리 한 병 사들고
아버지를 찾아가고 싶은 날이다

어머니의 남자

어머니의 허리를 더듬는 남자

기억을 더듬듯

부드러운 손길로

통점을 찾아낸다

참을성이 많은

다섯 번째 요추를

따뜻하게 만져준다

어머니에게 전해지는

믿음과 존경심은

더 많은 치유의 효과이다

뼛속까지 스며드는

그 남자의 목소리

어머니 안에 살고 있는 의사선생님

어머니의 남자다

달이 뜨면

엄마랑 벤치에 앉아

이야기를 나눕니다

하늘에 뜬 달을

올려다보던 엄마는

내 딸 눈썹 같은 달이 떴구나

보름달이 뜨면

내 딸 마음같이 둥글고

반달이 뜨면

내 딸 동요 부르는 모습이

떠오른다고 하시며

엄마의 가슴에 뜬 달을

꺼내 보이십니다

오늘 밤이

넓은 하늘 아래

엄마와 나의 뜨락에

오래 오래 머뭅니다

어머니의 우물

어머니의 마음은 깊은 우물과 같습니다

길어 올리고 또 길어 올려도 마르지 않고

늘 솟아나는 우물로 가득합니다

우리는 그 속에서 어머니의 사랑을 먹고 자랍니다

언제나 맑고 깨끗한 그 마음속에서

우리는 꿈을 먹고 자랍니다

어머니의 우물은 퍼내고 퍼 올려도 언제나 채워지는

마르지 않는 깊은 우물입니다

보름달

어머니의 등에서 바라보던 보름달
한여름 밤 냇가에서 목욕하고
집에 가는 어둔 골목을 밝혀주던
등불 같던 그 달빛

우리는 변하고 퇴색됐지만
언제나 변함없이 아름다운 빛을 비추는
보름달에게 많이 고맙습니다
달은 그때 그 달인데
어머니도 나도 그 달빛을 따라 걷다보니
이제는 어머니의 등이 그립기만 합니다

눈썹달이 보름달이 되고
보름달이 눈썹달이 될 때
어머니와 나는 옛 이야기
전설처럼 등에 메고
삶의 길을 아름답게 걸어가고 있습니다

등대

우리 엄마의 삶이

바람 부는 들판에 호롱불 같습니다

이 바람을 막아놓고

저 바람을 막아놓고

타들어가는 심지처럼

자식들의 가슴만 타고 있습니다

불씨를 살려야 합니다

투명한 고깔을 씌우고

심지를 돋우고 불길이 타오르도록

작은 호롱불이 우리들에게는

얼마나 소중한 등대가 되는지요

어머니의 기도

오직 두 손 모아 기도하는 일

자식들 건강하고 잘되기만 바라시는 어머니

느티나무 밑 버스가 설 때마다

굽은 허리 펴시며 내 자식인가

차가 서고 갈 때까지 바라보시는 어머니

해줄 것이 사랑밖에 없어

물 한 그릇 밥 한 그릇에도

정성을 담는 어머니

하룻밤에도 수없이 다녀가는

어머니의 정성으로

그 사랑을 먹고 살아가는 자식들은

어머니의 기도로 오늘을 행복하게 살아갑니다

어머니의 기도는 오늘도 마음을 울립니다

엄마의 삶은 향기입니다

구십 세의 엄마 생신날

조카가 보낸 꽃바구니

커다란 바구니 속에 여러 가지 꽃들이

아름답게 꽂혀 있습니다

보고 또 보시면서 기뻐하시는 엄마에게

엄마의 꽃바구니를 얘기합니다

엄마의 삶은 이 바구니의 꽃처럼 다양했습니다

모양도 다르고 향기도 다르고 빛깔도 다르고

그렇지만 살아오신 날을 돌아보니 엄마의 삶이

하나로 뭉쳐져 이처럼 향기가 납니다

엄마 참 아름답습니다

엄마가 걸어오신 그 먼 길이

지금 한바구니 꽃처럼

향기롭고 아름다운 삶이셨습니다

그 향기로 우리들은 행복합니다

엄마의 삶은 향기입니다

어머니

어머니는 언제나 하늘을 이고
긴 밭고랑 김을 매시며 기도합니다

급행 열차도 서지 않는 산골마을 토담집에서
도시로 나간 큰 자식, 둘째, 셋째, 넷째, 다섯째
여전히 어머니 안에 살고 있는 어린 아이로
금방이라도 들릴 것 같은 웃음소리에
기다림의 행복으로 살고 계십니다

곡식이 익어가는 계절의 소리
해질녘 돌아오는 작은 발소리
흙냄새 배어있는 어머니 모습
깊은 물 소리 없이 흐르듯
어머니 깊은 마음은 자연만큼 편안합니다

어머니의 겨울 잠

소백산 보며
그 산자락에 기대어 살아오신 어머니

봄이 와도
깊은 겨울잠에 빠져계신 어머니

산나물들이 쑥쑥 봄기운을 키우는데
자리 보존하고 누워 계신다

검고 거친 손으로
산나물을 뜯어 장에 내다 파셨는데

깊은 잠에서
깨어나지 못하는 안타까움이
소백산 자락에 파릇하게 눕는다

엄마의 밥상

구십에 접어드신 엄마가

밥상을 차리신다

열무김치 한 접시

청국장 한 뚝배기

감자를 갈아 부친 감자전

지친 어깨 다독거리며

얼른 기운 내라고

숟가락을 집어 주신다

환갑이 된 나에게

세상은 아직도 무거운데

숟가락에 실린 힘이 크다

엄마라는 큰 산에 기댄

나처럼

내 딸에게 이런 엄마가 되고 싶다

내 동생 영선이

자그마한 키에 참 귀엽다
어려서부터 영리하고
인정이 많아 콩 한쪽도 나누고
책 읽기를 좋아해
한 달이면 수십 권도 본다
엄마에게는 효녀 딸이고
주변에 어려운 사람을 보면
눈물바람이다
아들 딸 잘 키우고
남편 뒷바라지 잘 하는
내 동생 영선이
요즘 남편 사업이 기울어
마음고생을 하고 있다
지혜롭게 잘 이겨내고
봄날 햇살처럼
쨍하게 웃을 수 있기를
온 맘으로 기도해 본다

여행, 그 어머니의 산

높은 산도 긴 언덕길도

어머니에겐 힘든 길이지만

두 손 꼭 잡고 여행길에 나섭니다

흘러가는 구름을 얘기하고

푸른 숲을 함께 하며

물보라 치며 흘러가는 계곡물을 얘기하고

산중턱에 걸린 운무를 즐기면서

피고 지는 꽃을 보며 행복한 마음입니다

아무리 좋아도 어머니 손에 쥐어드리지 못하고

어머니 주머니에 담아드리지 못하기에

어머니 두 눈으로 마음껏 보시고

가슴에 담아두셨다가

외롭고 쓸쓸할 때 꺼내어 보시라고

구십 세 어머니를 지극정성으로 모시고 다닙니다

큰 산을 넘고 또 큰 산을 찾아가지만

우리들에겐 어머니의 산이

가장 크고 높은 산입니다

그 속에서 우리들은 웃고 행복하게 미래를 꿈꿉니다

어머니의 산은 언제나 풍요롭고

우리를 꼭 안아주십니다

어머니의 산은 우리들의 마음속에 있어

더없이 행복합니다

집 장만하던 날

남동생이 집 한 채 장만했다

어디든 평평한 땅에

옮겨 놓으면

그대로 집이 된다

두 개의 방과 넓은 거실

창도 많다

아파트에 물린 여름 날

엄마를 모시고

우리 형제들이 한 집에 모였다

복닥복닥 웃음소리가

밤하늘에 울려 퍼진다

집 한 채가

두둥실 떠오른다

그리움의 눈물 강이 되어 흐르고

세상에 살던 내가 아니고

죽음의 문턱까지 다녀온 나는

그날부터 새로운 세상을 만났다

모든 것이 새로운 풍경

서로 몸을 부비며 사랑으로 안았던

가족의 소중함

나보다 더 많이 아끼며 사랑했던 사람들

유년의 뜰 보고 싶은 소꿉친구들

나를 스쳐간 많은 인연들

지나간 추억과 그리움이 깊어

한없이 울고 웃었던 시간들

달 밝은 밤에도 별빛 반짝이는 밤에도

그리움은 한없이 더하고

소리 없는 강이 되어 흘러가고 있다

내가 기억하는 그 시간들

그리움의 눈물 강이 되어 흐르고

그 강가에서 나의 미소가 아름답다

이삭줍기

그곳에 가면 한보따리 추억을 줍고 옵니다

코흘리개 여덟 살이 소나무 밑 벤치에 앉아 아이스케키 먹고

단발머리 열네 살이 수줍게 웃고 있고

까만 학생화 구두를 신고 뽐내던 여고시절

자갈밭 소나무밭 솔밭길로 추억이 가득합니다

이 숲 저 숲 이돌 저돌 들추며 보물찾기로 설레던 순간들이

오랜 세월을 보내고도 어제 일처럼 생생하고 그립습니다

그 추억의 이삭을 줍고 싶어 고향에 옵니다

그 곳에 가면 밥 먹지 않아도 배가 부릅니다

그 추억의 이삭을 줍고 싶어서

싹을 내어 키우지 않았지만

이만큼 크게 내 안에 자리 잡은 추억의 밭

다시 주워 담는 이삭은 오랜 시간 내 안에 담겨져 웃어집니다

참 살아가는데 신기한 약이 됩니다

천렵

의림지 폭포가 쏟아지는 강가로

우리 동네 아버지들이

솥 지고 그릇 지고 천렵을 갑니다

물보라를 이루면서 쏟아지는 폭포 밑에서

미역 감고 아이들처럼 신나게 웃으시며

한여름을 즐기십니다

어머니들은 장작불을 지펴 맛있는 음식을 만드시고

아이들은 덩달아 신이나 재미있습니다

연중행사로 한여름이면 꼭 우리 아버지들은

천렵을 가셨습니다

그 시절이 그리워 다시 찾아온 의림지 폭포

예전과 같이 흐르는데

우리 아버지들은 다 어디로 가셨는지

폭포수만 신나게 흘러내립니다

그 시절 아버지도 어머니들의 음식도

세월 속에 가버리고 말았습니다

꺼내보는 가슴에서 먼 옛날의 추억만 꿈틀거립니다

다시 꽃으로

아버지 꽃밭에 꽃으로 피라고 날 낳아주셨고

어머니 가슴에 꽃이 되어 세상길에서 행복했습니다

두 분의 꽃밭에서 화려하고 곱게 피었다

이제는 꽃잎 지고 돌아가야 하는 먼 귀향길

그때가 언제든 다시 두 분의 꽃밭에

꽃으로 피어나겠습니다

.

2부

아침 창가에서

아침 창가에서

아침 햇살이 나의 창으로

연녹색 고운 잎새를

빗물에 풀어 놓은

새로운 날입니다

새소리는 그리운 이들의 소식을

지저귐으로 풀어 놓고

내가 즐길 수 있는 것은

코끝을 간지럽히는

잔잔한 봄바람과 속삭이는 것입니다

하루를 맞이하는 나의 사치가

반짝거리며

창문을 두드리는 날입니다

봄이 오는 길목에서

그냥 좋다

봄이 오고 있다는 것이

따뜻한 햇살이 좋고

팝콘처럼 터지고 있는 꽃망울들

그냥 취하고 싶다

마술사가 다녀간 듯

메마른 나무들이 푸르고

강물이 흐르고

도시의 전선줄을 타고

희망이 흐른다

초대하지 않아도 오는

손님처럼

내 마음 마냥 부풀어서 좋다

봄

청보리 연둣빛이 오는 길목
얼룩진 내 얼굴을 봄이슬로 씻어 내리고
생명이 움트는 기운을 받고 싶다

멀리서 풍기며 오는 매화향기
첫 발을 내딛는 마음으로
깊어가는 봄에 나를 저당 잡히고 싶다

봄꽃

그대와 앉았던 그 벤치 옆
그 나무에도 봄이 왔네요

그대와 함께 걷던 그 옆길에도
민들레가 노랗게 피어났네요

나뭇가지를 타고 꽃송이를 흔들며
그대와 나의 가슴에 설렘이 가득하네요

강가에 오는 봄에게

남한강가 은사시나무들

강물에 쏟아지는

햇살을 다 받아 마신다

나무들은 지친 겨울을 일으켜 세워

반짝거리는 잎새들을 키운다

뿌리 깊은 곳에서부터

은빛 꿈을 길어 올리면서

주위에 봄기운을 전한다

물의 노래가

남한강 줄기로 찬란하게 퍼진다

햇살과 바람

내 창가에 찾아온

햇살과 바람

잡아둘 수도 쌓아둘 수도 없는

그냥 보내기 너무도 아까워

무거웠던 나의 삶을 깨끗이 빨아

창가에 널어 놓니다

바람과 햇살은

나의 삶을 가볍게 말려주고 씻어줍니다

자연이 내게 준 행복입니다

햇살로 시작하는 오늘도 행복입니다

사랑합니다

바람과 햇살

햇살 사이로

당신을 뜨겁게 기다리던

여름이 가고

가을이 오네요

이제 곧 낙엽이 지고

가을 숲

짧은 햇살 사이로

당신이 오네요

낙엽처럼 오래 누워

꿈을 꾸듯

미소 진 얼굴

따뜻한 손길

언뜻 비추는 햇살 사이로

반짝거리며 당신이 오네요

이슬

텃밭을 일구며
아침이 새롭게 온다
흙내음 맡으며
방울방울 맺혀 있는
이슬들을 만난다
내 머리맡 새벽잠을
맑은 미소로 거두어간다
그 짧은 이슬의 생애에도
반짝이는 눈물이 있어
하루를 버티는 힘이 된다
사라져가는 모습들에게
나를 비우는 연습을 한다

머뭇거리기엔 짧다

아침에 내린 비로

거리가 깨끗하다

골짜기의 물이 불어나고

잎새들이 초록으로 활기차다

내 마음에도 비가 내려

뒤숭숭한 마음 씻어 내리고 싶다

너무 먼 곳으로부터 오는 얼굴

수화기를 들었다 놓는다

전화 한 통으로

내 목소리를 전하기에는

보고 싶은 마음

골짜기에 넘쳐날 것 같다

이렇게 머뭇거리다가

지나쳐가는 순간들로

하루가 너무 짧다

기다릴 때가 행복입니다

겨울을 보내고

봄이 오기를 기다렸습니다

너무 빨리 서둘러 오는 봄이

그리 기쁘지만은 않습니다

봄을 기다리던 때가

행복이었지요

꽃이 피기 바쁘게 지고 마니까요

늘 아쉬운 봄과의 이별

여름의 푸르름을 꿈꾸면서

봄과 아름다운 이별을 해야겠지요

우리가 지금 어렵고 힘들지라도

좌절하지 마세요

기도하면서 기다리면서

꿈을 꿀 때가 행복이니까요

유월의 숲에서

거칠음과 보드라움이
함께 어우러지고 있는 숲
계곡으로 흐르는 물소리에
나무들이 쑥쑥 큰다
파란 하늘을 올려다보며
흰 구름도 이고 있다
우애 좋은 형제 같은 나무
둘이서 하나 되는 연리목
못 다 이룬 사랑을 맺고 있는 사랑목
마치 우리들을 다 품고
살아오신 어머니 품 같다
그 품에 들면 살아갈 날들이 보인다

하염없이

밤비가 내린다
어디서부터 시작되었는지
알 수 없는 비가 내린다
지나온 나의 길에도
서러운 비가 내린다
빗길을 따라
하염없이 걸어가고 싶다
캄캄한 이 밤을
서글픔에 잠겨 보내는 것은
별과 달이 그리운 까닭이다
기다림이 길어지는 빗줄기
먼 추억의 거리를
다 적시고도
잠들 줄을 모른다

여름 풍경

물안개 피어오르는 푸른 숲

골짜기의 물이 힘차게

흘러내리며

부옇게 피워 올린다

폭염을 피해 모여든 사람들

매미의 울음도 우렁차다

문득 어린 시절

냇가에서 송사리떼 쫓던 일

덜 익은 풋사과와 풋포도를

입에 넣으며

얼굴 찡그리던 풍경이 떠오른다

해가 지는 노을 사이로

씻고 밥 먹어라

엄마의 목소리가

진초록의 산으로 울려 퍼지는 것 같다

종로3가

추억의 거리
젊음을 확인하는 곳
모였다가 흩어지는
그 발길들이 모여
네온 불빛에 깜빡거린다
한 잔에
어깨를 기울여 보다가
막차에 오르면
음악소리가
귓전을 뜨겁게 맴돈다

교정에서

교문을 들어서자
느티나무에 가을이 물들고 있다
문학공부를 하던 교실
이제는 낯선 학생들이
그 자리에 앉아 있다
그 시절 함께했던 문우들
나무를 배경으로
함께 사진을 찍기도 했다
지금은 고인이 되신 교수님
그 웃음소리가 들리는 듯하다
시를 낭송하며 꿈을 노래하며
내 젊음의 한때가
낙엽처럼 구르고 있다
발자취를 밟으며
다시 걸어 나오려는데
아직 풋풋한 푸른 잎이
햇살에 반짝거린다

햇살 좋은 날

회색빛 담장 구릿빛 메마른 포도나무 위에
봄 햇살이 여유롭게 내려앉았습니다
앞마당 조그만 화단 위에도
봄 햇살이 살며시 놀러왔습니다
마음의 빗장을 스스로 열게 하는
따스한 봄 햇살에 괜스레 눈물이 납니다
잠자고 있던 흙도 깨어납니다
그리고 파아란 싹을 불러냅니다
그 따뜻한 볕에서 나의 꿈이
찬란하게 영글어가고 있습니다

서둘러 가고 있다

스산한 바람에 나뭇잎 떨구고

가슴을 웅크리게 한다

거리의 발걸음들이 바쁘다

가을을 보내야 하는 마음

손가락 사이로

아쉬움들이 빠져나간다

금세 계절이 떠날 것 같아

옷깃을 여민다

뒤돌아보며 주위를 둘러보기에도 짧다

아직 따뜻한 햇살을 누리며

내 가슴속에 담은

우정과 사랑이

영원하길

두 손 모아본다

가을비

구월의 마지막 날
아침부터 비가 내린다
우산을 들고
벤치에 앉는다
빗소리를 듣는다
그 소리를 함께 듣고 있는
붉은 꽃들과 푸른 잎
아직 푸르름이 촉촉이 젖는다
계절은 가고 오는 것이라고
어느 시인은 노래하고
나는 가을비에 젖는다
푸르름이 붉음으로 젖고
다시 빈 몸이 된다

빈 노트

가을날은

내게 빈 노트를 내민다

단풍나무 아래서도

은행나무 아래서도

나는 그 노트를 들고

마음만 바빠

써야할 글들을 놓친다

단풍잎 같은 엽서에

쓸 말도 찾고 싶고

은행잎처럼 노랗게

물든 사연도 쓰고 싶다

갈대밭에 앉아

호수 위에 노니는

물오리들에게

말을 걸어보는

가을날

시월의 마지막 날

어느 가수가
목청껏 노래 부른다
그 노래 속에서
시월을 보내는 마음
추슬러본다
푸르른 날 그늘이 되어주던
초록잎들이
붉은 빛으로 물들다가
낙엽비가 되어 내린다
떨어진 잎새들의 날들이
보도블록 위에 쌓인다
그 길을 걸으며
골짜기의 바람을 생각한다
물 한 방울이 눈물이라고
눈가가 촉촉해진다

만추

단풍길을 걷자며
나를 불러준 친구
서로의 가슴에 단풍이 있다
함께 걷다보면
더 곱게 물든다
나뭇가지의 단풍잎들이
서로 마주보며
웃고 있는 걸 본다
이런 시간들이
우리를 얼마나 소중하게 만드는지
떨어지는 단풍잎들이
가볍게 내려앉는다

노을 빛

조용히 흘러가는

강물 위를 바라보며

눈시울 붉어집니다

유년 시절에도

저 빛이 흘렀건만

이제야

내 마음이 그 빛에 물듭니다

강물 속으로 들어가는

저 뜨거움이

어느덧

내 등 뒤에서

걸음마다 붉게 찍어냅니다

눈 내린 다음날

순백의 순간은

시야를 열어준다

먼 것들은

더 눈부시게 보여준다

한 순간이 영원으로 스며든다

그 속으로 갈 수 없는

눈 내린 다음날

나는

새롭게 태어난다

섬사람들

바다가 속살을 내보이면

풍부한 어패류가

갯벌에 드러나지요

사계절 이 뻘에서

땀 흘려 번 돈으로

자식들 뒷바라지하고

살림도 늘리지요

아낙들의 노랫소리가 들리는

갯벌의 삶의 터전은

바다가 내어주는 넉넉한 품이지요

삶이 고달파도 섬을 떠나지 못하는 사람들

갯벌에 기대어 바다가 주는 만큼

배불릴 줄 아는 사람들

욕심내지 않을 때

바다는 넉넉한 터전이지요

섬사람들의 진흙빛 얼굴이

노을에 빛나네요

해

어둠의 시간을 보냈기에

아침을 맞이합니다

세상 모든 만물을 피고 지게 하는

햇살의 놀라움

그 앞에서는 고개를 숙이고 맙니다

누구에게나 공평한 세상의 빛

이 넓은 세상에 주인공이 되는

오늘의 찬란한 태양

세상의 빛이고 나의 빛이 된

캄캄했던 모든 사람들에게

희망의 빛이 되어 줍니다

뜨고 지는 해는 최고의 명작입니다

빗소리로 오는 당신

밤새도록 내리는 비가
아침까지 내린다
빗소리에 음악소리가 묻힌다
하나의 우산 속에서
둘이서 듣던 빗소리
추억의 강으로 흐르네
빗소리로 오는 당신
하루 정도는
푹 젖어도
그리움의 노래는
끝나지 않네

3부

노란 집

노란 집

숲으로 큰 창문을 내고
뒷산을 정원으로
집을 짓고 싶다
바람이 불어오면
창틀에 소복이
송홧가루가 쌓이는 집
솔향기 풍기는 송홧가루로
내 마음 곱게 물들이고 싶다
하얀 걸레로 닦아내며
곱게 살아오지 못한 날들을
꾸짖어도 보며
예쁜 마음 다독거려
내 안의 나를 세워
집 한 채 짓고 싶다

옛날 그 집

함박눈이 하얗게 쌓인 마당
대문에 이르는 길 쓸어놓고
키만큼 쌓인 눈 더미 옆에서
싸리문 밖을 내다보던
그 시절 고향집이 그립다
손발 꽁꽁 입김을 불던
골목길 아이들도 사라지고
아파트 높이 올라오지 못하는
함박눈이 내리는 날
옛집 마당이 그리워
두 볼에 붉게 동심이 물든다

묵정밭

오랜 세월 묵힌 밭뙈기

올 봄에는 갈아엎어야겠다

돌과 넝쿨식물이 널려 있는 밭

옥토로 만들려면

눈물이라도 뿌려야겠다

흙내음 맡으며

싹이 트고 잎이 피고

열매를 맺는다면

내 눈물이

씨앗이 되어 주겠다

고향집 앞마당이 그리운 날

매미 울음에 마음이 텅 빕니다
우물가에 주렁주렁 청포도가 매달리면
입 안에 넣어주시던
아버지의 손길이 그립습니다
꽃밭에서 환하게 웃어주던 꽃들
한 차례 여름비가 내리고 나면
손가락마다 봉숭아 물 들이느라
피마자잎 꽁꽁 싸매주시던
어머니의 손길이 그립습니다
잔솔가지 불 지피시고
가마솥에서
뽀얗게 익어가던 감자가 그립습니다
보리밥에 열무김치는
오늘날 별미로 먹는다지만
사라져가는 추억들이
칠월의 숲을 더 울창하게 합니다

간이역

내 고향 가는 길에
간이역이 있다
연탄난로가 있던 자리
굴뚝에서 뿜어 나오던 연기
가지런히 놓여 있던 의자들
지금은 추억 속에만 있다
벽에는 고사리 손으로 그린
그림들이
그 자리를 지키고 있다
사라져간 것들은
완행열차에 실려
어느 역에 내린 것일까

그 맛

항금이는 맏며느리로 시집을 왔다
시부모님을 일찍 여의고
시동생들 잘 돌보고
동서간의 우애가 돈독했다
그런 항금이네는 일 년에
서너 번 제사를 지냈다
담 너머 건네주는
제사 음식을 먹으려고
잠을 안 자고 기다렸다
지금도 그 친구는
내가 좋아하는 음식을 기억하고
삼십 년 지기의 절친으로 지내고 있다
먹을 것이 넘쳐나는 요즈음
그때 먹었던 제사 음식의 맛을 느낄 수 없다

그 언니네 집

문방구점을 하는
그 언니네 마당에는
예쁜 크레파스만큼이나
다양한 꽃들이 가득했다
분꽃 다알리아 깨꽃이
화단 한복판에 피어있고
담장을 타고 능소화가 피었다
그 한켠에는 청포도가 열리고
언니네 집이 그리워지는 날
돗자리 깔고 앉아
그 시절을 회상해본다
마음껏 누리는 추억들이
스케치북에 한 폭의 수채화로
그려지고 있다

큰 누나

맏이로 태어난 자리
밑으로 남동생 다섯을 둔
누나의 자리는 크다
홀어머니 모시고
동생들 뒷바라지 하느라
배필을 만나지 못한
한 세대의 누나
그 이름 앞에서
얼마나 외로웠을까
이제는 동생들 장성하여
모란꽃 같은 누나에게
꽃받침이 되어주려 하는데
바람이 너무 거세게 분다

대합실

내 마음에는
텅 빈
대합실이 있다

무소식에 실려오는
기적소리

출발과 도착을 알리는 스피커소리

늘 시끌벅적거리다가도
막차를 떠나보내고

고요히 돌아와서
촛불 하나 켜는 방

골목길을 쓰다

내가 자란 동네 골목길은 중앙극장에서부터 시작된다

삼거리 우측으로 신화당약방이 있고 숙희네 국수집

한수네 구멍가게가 있다

그 맞은편으로 양조장 그 옆에는 동산이 있다

동산 밑에 상금이네 미미빵공장

맞은편에는 희영이네 삼덕주유소

도매상으로 제법 큰 신라고무신가게

곡물 장사를 하던 덕신상회 포목점을 하던 북일상회

그 위로 올라가면 동사무소가 있고

옆으로 커다란 방앗간이 있다

방앗간 앞에는 봉례네 막걸리집이 있고

그 옆에 우리 집이 있다

딸이 많아서 늘 웃음과 희망이 넘쳤다

사람을 좋아하는 아버지 어머니 덕에 늘 잔칫집 같던 우리 집

동네 사람들이 다 모이면 엄마는 솔가지 꺾어 불 지피시고

먹을 것을 장만하셨다

청포도 넝쿨이 우물가로 뻗어 올라가고

담장으로 구기자가 어우러진 우리 집을 지나

조금 더 올라가면 광줄네 구멍가게가 있다

새끼줄로 연탄을 꿰어 놓고 팔던 그 옆으로 만화방이 있다

흐릿한 백열등 밑에서 동네 아이들이 다 모여 만화책을 보던

그 시절

그곳을 떠나온 지가 사십 년이 넘었는데도 여전히 그립다

그 골목길은 큰 길이 되고 놀자 하며 뛰어나가면

어디선가 모여들 것만 같은 나의 친구들이 추억 속에 살고 있다

성묘하는 날

어머님 산소
파아란 봉분 위로
풀벌레가 팔짝거립니다
보름달로 빚은
송편 한 접시
따뜻한 마음 우려낸
차 한 잔 다소곳이 올립니다
국화꽃 한 다발 바치며
생전의 말씀
향기로 피어오릅니다
시들면 버릴 때 아쉽다며
생화를 사오지 말라는 말씀
이 말씀 어기고 꽃 한 다발 안고 왔습니다
해드릴 것이 이것밖에 없어서
꽃잎이 햇살에 반짝거리며
어머니의 미소가 얼비칩니다
한가위 햇살이 봉분 위로 쏟아집니다

그 시절

단칸방에 모여 살면서도
욕심 없이 웃을 수 있었던
형제간의 우애
한 이불속에 자면서
서로에게 이불을 덮어주며
긴 밤을 함께 하던 때
엄마가 들려주는 옛날이야기 들으며
여름밤이 깊어가던 때
배고픔이 있어도
서로에게 먹을 것을 나누어 주며
상대를 먼저 생각하고 살았던 그 때
모든 것이 지금처럼 풍요롭지 않았지만
정을 나누고 살던 때
되돌아갈 수 없기에
그때가 더 그립습니다

옹달샘

맑은 물이 솟아나는 작은 샘에
삶에 지친 무게를 내려놓습니다
얼룩진 무게는 씻어주고
목마른 삶을 촉촉이 적셔주는
가끔은 파아란 하늘이 되어 들어오고
가끔은 달도 별도 들어오고
작은 옹달샘에 들어오는 세상만물의 보물들은
나에게 오늘도 퐁퐁 솟아나는
마르지 않는 옹달샘을 만나게 하여 줍니다
부족하지 않게 넘치지도 않게
내게 큰 선물입니다
나도 누군가에게
이런 옹달샘이 되어주고 싶습니다

고향 면사무소에서

돌아가신 아버님

산소 이전 서류를 떼려고

면사무소에 들렀습니다

생전에 아버님이 근무하시다

퇴직하신 곳

딸과 사위를 앞세워

들른 그 곳에서

아버님의 젊은 숨결이

다시 느껴집니다

어머님과 함께 모시려고

탈 없다는 윤달

아버님 산소에 손댑니다

가까이 모셔놓고

자주 찾아뵙고 싶은 그 마음처럼

대추도 붉게 익어가고 있습니다

추억의 길에서

큰 산은 길이 나고
논과 밭엔 높은 건물과 아파트가 들어서
신도시가 되었다

그 작은 숲길에서 내 품에 안았던
나의 자식들의 소중한 꿈은
고스란히 남아 있는데
언제 이 산골 작은 동네가
고층건물과 불빛으로 채워졌을까

흙냄새가 나던 그들과
소들이 뛰어놀던 그 땅 위
화려한 불빛들은 아무 말이 없다

그때 그 시절은 꿈이 참 많았다
내 품을 벗어난 자식들은
이 도시에서 꿈을 키운다

〈

길도 옛길이 아니고
들판도 옛 것이 아니지만
그곳에 흩어진 추억은
하나하나 가슴에 곱게 쌓인다

내 아들의 열네 살과 내 딸의 열 살
남편과 나의 사십대가
고물고물 추억의 길로 걸어 들어온다
그 길에서 추억으로 행복하다

후리지아 꽃

웃어야 예쁘다며
늘 웃으라는 사람

후리지아 꽃 한 아름
봄의 희망처럼 안겨준 그 사람

크리스탈 꽃병에 꽂으며
그 꽃 이름 잊어버려도

내 웃는 얼굴은
언제나 떠오를 거라며

추억이 피어나는 꽃

눈썹달

누가 저리 예쁘게 빚어
내 창가에 달아 놓았을까

팔을 뻗으면
손 안에 잡힐듯한데

어느새 미루나무 가지 사이
높이 올라 가 있는 눈썹달

내가 잠든 사이 누가 집어갈까 봐
한 번 더 바라보며 미소 짓는 밤

내 가슴에 걸어두는
한 폭의 명작

사랑

몇 천 굽이를 돌고 돌아
한 줄기 물이 되어
그대 곁에 가 닿고 싶네

산속 깊은 곳에서
야생화를 키우다가
굽이돌아 낮은 곳에 이르는 물

철따라 바뀌는 풍경처럼
내 마음 변화무쌍해도
그대 기다리는 숲속 물줄기이고 싶네

그대, 그리움

바람 소리로도 오고

달빛 별빛 사르며 오는 그대

밤을 밝히며 붉은 맨드라미 꽃잎 위

이슬로 맺혀 오시는 가

뜨겁게 우는 매미 소리에

설잠에서 깨어 보면

무거운 형벌 속에 가두고 있는

내가 보입니다

간밤 그대에게 갇혀

다시 볼 수 없을 것 같은 태양이

이슬방울을 거두어가듯

그대 그리움으로 젖는 일상입니다

보고 싶어서

보고 싶어서 너무 보고 싶어서

호명산이 흔들리게 엉엉 울었다

아무리 좋은 풍경도

아무리 좋은 계절도

보고 싶은 사람이 없으면

그곳이 의미가 없다

난 그만 가야겠다

큰 산의 속눈썹 같은

청솔가지를 적셔내도

도무지 멈추지 않는

울음을 애써 달래며

네가 있는 도시의 불빛을 찾아

마음은 벌써 산허리를 넘고 있다

보고 싶어서 너를 만나고 싶고

너를 품에 안고 싶어서

이 밤이 십 년처럼 길다

그냥

그냥이라는 말

참 좋다

그냥 하는 전화 한 통

그냥 보고 싶어서

그냥 네가 좋아서

굳이 이유를 달지 않아도

안부를 전해주는

그냥이라는 말

너와 나 사이에

이유나 무게를 싣지 않아

그냥 만나면

정이 넘치는 사이가 좋다

매화

겨울 내내 기다려온

매화가 핀다

삼동설한을 견딘 가지마다

향기를 매단다

손꼽아 기다리는 마음

손가락으로 꼽아가며

꽃을 바라본다

작은 꽃 속에

짙은 향기로 취한다

아쉬운 마음 주렁주렁 걸릴 즈음

탱글거리는 매실

그 속살에 또 한 번

나를 빼앗긴다

가슴 속의 추억

편지 한 장도 없다
사진도 없다

내 가슴에는 계절이 있다

봄의 이야기로 피우던 꽃나무
푸른 잎을 노래하던 여름

붉은 단풍에 인생을 물들이고
하얗게 덮인 겨울이 있다

안부를 물으며
내 가슴 속에 웃고 있는

우리는 가난한 연인

소주잔

생전의 성품만큼이나
깨끗한 백자 도자기
유품이라 하기에는
텅 빈
잔 속이 쓸쓸하다
욕심이라고는
술 한 잔
가득 채우던
그 사람의 온기를 품고 있다
정갈하게 그리움도
잘 씻어 엎어 놓는다

달 같은 사람

초승달로 떠서
보름달로 커가는 사람

하늘을 환하게 비춰도
전부를 보여주지 않는다

둥글어서
다시 기다려지는 사람

그대와 나

그대가 흘러가는 물이라면
나는 그 위 잔물결이었으면 좋겠네

그대가 한 그루 나무라면
나는 나뭇가지에 피는 꽃이면 좋겠네

그대가 숲이라면
나는 한 마리 새가 되어 노래하면 좋겠네

그대가 풀잎이라면
나는 새벽이슬이면 좋겠네

그대가 있고
그대를 느낄 수가 있어서……

추억의 꽃밭

흙먼지 날리며 놀던 골목길에

사금파리처럼 흩어진 나의 유년의 뜰

오늘 만나는 어린 시절의 친구

첫사랑도 아니건만 두근거리는 가슴에

발걸음이 휘청거립니다

교복 챙겨 입고 학교 가던 그 모습만 생각나는데

어느새 반백머리에 주름진 노년의 얼굴입니다

말보다 가슴으로 먼저 안아주며

옛 고향의 추억 이야기로 밤새는 줄 모릅니다

우리의 이야기들이 새벽뜰에 내려앉고

우리들의 이야기들이 빛나는 별이 되었을 거라 믿으며

추억의 꽃밭에서 아름다운 빛깔과 향기에 취해 봅니다

명함 한 장

한 고향 한 운동장에서 눈이 빛나던 우리

꿈 많던 어린 시절 그 속에서

세월이 언니와 나를 어른으로 키웠고

어느새 이순이라는 숫자를 달고서

몸도 마음도 약해지고 아프고 병들어

언니는 좋은 선생님과의 인연으로

그 분의 손길을 통해 세상을 살아갑니다

언니에게 그분은 희망이었고 은인이셨습니다

지금의 언니를 있게 해준 명함 한 장

병을 고쳐주신 그 고마움에

병원을 사랑하는 사람들의 모임

나에게도 잘 가지고 다니라며 건네준

쪽빛으로 가득한 명함 한 장

어느 날 예고 없이 길에서 쓰러졌을 때

그 한 장의 명함이 연락처가 되었고

빨리 병원에 갈 수 있었기에

새 삶을 찾을 수 있었습니다

이 병원 명함 한 장이 나를 살려 주었습니다

아픔을 치유로 이끌어주시는 선생님

세상의 빛이 되어주시고

희망이 되어주시는 선생님

옷깃만 스쳐도 소중한 인연인데

나를 구해 주신 이 명함 한 장의 인연은

얼마나 소중한 것인가요

빛과 소금이 되어 주시는 선생님

감사합니다

그 고마움과 그 사랑

오래도록 함께 하겠습니다

소풍날

고소한 참기름 냄새가 온 집안에 퍼집니다
하얀 쌀밥 고슬고슬하게 하고
참기름 깨소금 넣고 살살 비벼
김 한 장위에 밥을 놓고 꼭꼭 맙니다
최고의 음식입니다
오늘은 맛있는 과자도 아이스케키도
김밥도 먹을 수 있는 소풍날입니다
소풍 전날 비가 오면 어쩌나 싶어
설레이며 잠을 설치던 그 옛날
그 시절엔 김밥이 참 맛있었습니다
소풍날 먹는 특별한 음식이었고
삼삼오오 짝을 지어 솔밭길을 걸으며 부르던 동요
새들도 들꽃들도 함께 하던 소풍가던 그 오솔길
그렇게 마음 들뜨던 그 시절 소풍날이
아득하게 그립습니다

4부

다시, 내 자리

인연

뇌출혈로 거리에 쓰러졌을 때
구급차로 응급실까지 옮겨주신 손길

사경을 헤매고 있을 때
지극한 의술로 다시 숨 쉴 수 있게 해주신 손길

보이지 않게
이어져 있는 인연들

그 많은 고마움들이
내 피를 돌게 하였듯이
나도 베풀 수 있는 삶이 되었으면

비록 따뜻한 밥 대접해드리지 못하지만
마음속에 깊이 묻어두고
매순간 소중하게 기억합니다

물김치 한 통

무 하나 썰고 배추 노란 속 썰고
양파 썰고 당근 썰고 오이 썰고
구색 맞춰 파란색 미나리 송송 썰고
소금치고 찹쌀풀 묽게 쒀서 붓고 간 맞추고
잘 익으라고 한 통 가득 담아
베란다에 내놓고 몇 번이고 바라본다
각자의 모양도 다르고 맛도 다 달라서
제각기 모습으로 살다가
오늘 한 통에 담아져 가족이 됐다
서로 가지고 있는 빛깔과 모양이 어우러져
맛있는 물김치가 될 것을 나는 안다
한 통에 들어가 하나가 되고 함께 모아져
물김치라는 하나의 이름으로 상에 오른다
투명한 김치통에 담아 놓고 보면서 내가 행복하다
참 작은 것에서 웃어지고 하나가 되는 것을 배운다
물김치 한 통 담아놓고 행복이 이만큼이다

어두운 밤에

누구나 찬란한 햇살이 비추기를 바라지요

눈부신 날에는 눈부심으로

눈을 크게 뜰 수 없다는 걸

뒤늦게 알았지요

아무런 희망도 보이지 않는

깜깜한 시간 속에서

한참을 서 있었지요

그때 나는 보았지요

어두운 밤 더욱 반짝이는 별빛

햇빛 속에서 볼 수 없는 것들이

상처를 키우며

어둠 속에서만 빛나고 있다는 것을

기쁨

할머니가 되고 보니
할일이 더 늘었지요
어른 노릇이 따로 있는지 모르겠지만
약해지지 않으려고
더 많이 기도하지요
할머니라고 부르는 그 말에
하루의 피로는 싹 가시고
보약 한 대접 마신 듯
함박웃음 귀에 걸리지요

다시, 내 자리

뇌출혈로 쓰러지고
비워두었던 자리
다시 돌아와 일상을 챙깁니다

집안 청소며 빨래를 하고
식구들의 밥상을 차리는
내 손끝에 행복이 피어납니다

내 기억 속에 잘려 나간 시간들
병상에 있는 나를 보살피며
돌아오길 기다리며 비워둔 자리

가족들의 소중함을 새삼 깨닫고
하루를 사는 감사함으로 보냅니다

낮은 곳의 아름다움

몸을 낮추어 낮은 곳을 본다
꽃대를 높이 세운 꽃은
비바람에 더 많이 흔들린다
천천히 걸으면서
힘들면 자리 깔고 앉아
내 눈높이의 꽃들과
눈맞춤하며
고운 빛깔에 물들고 싶다

웃음소리

선우는 첫 손주입니다

까만 눈동자와 앵두 입술로

잃어버린 웃음을 찾아준

세 살짜리 웃음천사입니다

캐러멜 한 통이 녹아

달콤한 웃음이 됩니다

온몸이 악기통이 되어

음악 소리가 흐릅니다

아름다운 숲에 안긴 듯

내 귀가 맑고 청아하게 열립니다

할미 할미 부르는 소리에

나는 할미꽃처럼 피어납니다

환희

너를 기다리고 만나고

이것이 나를 가슴 뛰게 한다

밤낮 너만 생각나고

너를 만나면 그냥 웃어지고 바보가 된다

뭐든지 다 해주고 싶다

까만 눈동자 하얀 피부 앵두 같은 입술

그 입에서 나오는 세상에 필요한 말 말 말

모든 것이 새롭고 한없이 예쁘다

하루에 몇 번을 만나도 뛰어가 서로 포옹한다

앉으나 서나 너만 생각난다

너 하나 사랑하는 것도 행복한데

또 사랑해야 할 한 남자를 만났다

너무도 잘 웃는 남자

잠도 잘 자는 남자

옹알이도 제법 잘하는 남자

요즘 나는 이 두 남자에 빠져 즐겁다

세상에서 가장 재미있는 일은

너희를 만나는 일이다

웃음의 원천이 되어주는 두 남자

세 살 김선우, 한 살 김정우

이 어린 두 남자가 나를 행복하게 한다

우리는 서로 사랑하는 사이

할머니와 손주

낚시터에서

바람에 나뭇잎이 흔들리고

햇님이 산에 비치고

새가 앉아 있어요

아침이었는데 또 저녁때가 됐어요

― 세 살 손주(김선우)가 하는 말을 받아 적은 글

그날

그날의 기억이 내게는 없다
정전이 되어버린 내 상태
캄캄한 암흑이다
그 어둠속에서 나는 끈을 잡았다
삶의 끈을 주시고 생명을 주신 주님께
기도하는 시간이다

길 1

목련이 피고 지는 언덕길
당신과 함께 스무 해를 걸었습니다
그날이나 오늘이나 늘 그리워하며
지금도 그 길을 걸으며
푸른 청춘이 날아다닙니다
그 언덕길에 서면 우리의 추억이
슬금슬금 기어옵니다
우리는 그 길을 걸으며 늙었습니다

길 2

지금처럼 가면 된다
서두르지도 실망하지도 말고
먼 곳도 한걸음부터 시작이다
가다보면 어제보다 오늘이 좋고
오늘보다 내일이 좋다
욕심 부리지 말고 그러나 꿈은 버리지 말고
큰 꿈을 가지고 가다보면 그곳에 이르게 된다
오늘 하루도 그냥 가는 것이 아니다
꿈을 향해 가는 길목이다
해온 것처럼 잘 걸어온 세월처럼
지금처럼 그냥 가면 된다

길 3

세상에 태어날 때 빈 몸으로 와서
부모님 만나고 형제들 만나고 친구들 만나고
남편 만나 결혼하고 아들 딸 만나고
많은 것을 갖게 되었지요
가끔은 세상길에서 이 모든 것들이
짐이 되었을 때가 있었습니다
벗어나고 싶었고 벗어버리고 싶었습니다
삶의 길이 짐을 지고 가야하는 고난의 길이지요
돌아보니 이 짐들이 나를 견디게 했습니다
지금 곁에서 함께하는 가족이 있고 형제가 있어
이 세상 살아가는 힘이 됩니다
짐을 지고 가는 길만이 우리들의 참된 삶입니다
나를 견디게 해주는 그 힘은
이 짐이 만들어주는 것입니다
아끼지 말고 사랑하세요
사랑한다고 지금 따뜻하게 말해주세요

반백의 소년

초록빛 뜰에 빨강 파랑 노랑색 사과들이

바람을 키우고 있습니다

늦깎이 조각가의 농익은 단맛이 색색으로 물들고

사과 씨 속에서 어린 시절의 꿈이 익어가고

원색으로 빚어놓은 사과는

나의 꿈을 이루게 해준 작품입니다

반백의 머리가 세월을 말해주지만

소년처럼 해맑게 웃는 예술가는

꿈을 이룬 세상에서 행복합니다

반세기가 넘는 동안 가슴에 있던 소원을

푸른 뜰에 펼쳐 놓고

유년을 함께한 친구 청춘을 함께한 친구

꿈을 함께 키우던 친구들에게 찾아와줘 고맙다며

멋쩍게 웃으며 한잔 나누는 모습이

저녁노을과 함께 물들어가고 있습니다

활짝 웃는 그 모습이 반백의 소년입니다

마가미술관

뜰을 가꾸신 것이 아닙니다

꿈을 키우신 것입니다

파란 잔디위에서 한낮의 햇살이 놀고 있고

그 위로 바람이 지나갑니다

빨랫줄에는 하얀 삶이 나부끼고

뜰의 한 옆에는 정갈한 장독대가 익어갑니다

서른 살에 들어와 심은 청단풍의 그늘이

칠십 인생의 그늘막이 되었다며

곱게 웃는 안주인의 어깨위로

나비가 날고 있습니다

한낮 고요한 햇살 속에서

많은 사람들의 발자국을 지워가며

서그럭 서그럭 잎새들의 노래를 듣는

안주인의 자연 닮은 모습에서

내 지나간 청춘도 초록으로 물들어갑니다

이런 벗이 되고 싶습니다

오랜 나의 벗
줄 것은 마음밖에 없어 늘 다 주고 싶은데
이것도 마음뿐이지 늘 아쉽습니다
서로가 편한 마음으로 살아갈 땐 따뜻했는데
어려운 길모퉁이에 섰을 땐
두 손 꼬옥 잡기가 왜 그리 어려울까요
모든 것 다 주어도 아깝지 않았던 긴 세월
그날만 기억 속에 두겠습니다
함께 가야하는 그 속에서
한쪽 어깨를 내어주며 기대어 가고 싶습니다
간절하게 기도합니다
절망에서 희망으로 손잡아 주는 따뜻한 벗
이런 벗이 나의 벗이면 좋겠습니다
나도 나의 벗에게 이런 벗이 되고 싶습니다

홀로 된다는 것은

가끔씩 언젠가는 홀로 된다는 것을 알지만

그 사실이 가끔은 나를 슬프게 합니다

좋은 날에 그대와 나 만났던 것처럼

두 손 꼭 잡고 함께 갈 수 있다면

가는 길에 들국화 꽃길 함께 걸으며

잘 살다 가노라고 깊은 향기로 남기고

잊히지 않는 한 송이 들꽃으로 피어도 좋으련만

홀로 된다는 것이

꽃대만 남겨두고 다 져버린 꽃송이 같은 것인가요

향기가 날아가 버린 빈 꽃대

언젠가는 홀로 된다는 것을 알지만

그 사실이 가끔씩 나를 몸서리치게 합니다

같이 가는 그 날을 기도해봅니다

붉은 소국

한 송이는 작지만

다발로 묶이면

정렬을 뿜는다

가을이 물씬 풍긴다

향기가 진하게 퍼지면

내게도 그 향기가

스며드는 것 같다

나를 소국에 비유하시는 분이 있다

아름다운 찬양을 바치듯이

나를 불러주신 분

그 고마움에

나도 한 송이 수국으로 피어나고 싶다

딸이 오는 날

내 정신이 아주 맑지 못한데도
딸이 온다고 하면
맛있는 음식을 만들고 싶어
안절부절못한다

내 정신이 아주 맑지 못한데도
세수를 하고 화장을 한다
딸에게 예쁘게 보이고 싶어서

내 정신이 아주 맑지 못한데도
예쁜 치마를 입으려고
옷장을 기웃거린다

내 정신이 아주 맑지 못한데도
풋고추 호박 하나라도 챙겨 주려고
비닐봉지를 찾아 담는다

그 모습 그대로

약속하지 않고

전화를 걸지 않고

집을 나선다

슈퍼 지나고

은행을 지나

식당을 지나간다

너무나 익숙한 길을 걸어

너를 만나러 간다

내 머리를 손질해 주는

그 손길을 느끼며

그 모습 그대로

그 자리에 있는

네가 있어 좋다

머무르는 동안

동네의 불빛들이

옹기종기

우리 가까이 모여 정겹다

그런 사람이고 싶다

너의 온몸을 감싸는

코트는 될 수 없지만

너의 목을 따뜻하게 감싸줄

목도리는 되어줄게

너의 전부는 될 수 없지만

춥고 연약한 곳을

감싸줄 수 있다면

추운 겨울도

따뜻하게 견딜 수 있겠다

나누는 마음

파 한 뿌리라도

이웃과 나누는 행복

부모님께 배운 삶의 지혜

잘 실천하며 살고 싶다

흙에서 거둔 것들

제몫으로 나누는

농부의 마음처럼

풀 한포기

잎새 한 잎에도

자연의 넓은 품을 느끼며

크게 웃으며

살고 싶다

희망 1

십억 건물을 팔아도
빚을 다 갚지 못한다

빈 몸
빈손이다

빈 나뭇가지로 서있는
겨울나무를 본다

찬바람이 불고
흰 눈이 쌓이고

새 봄이면
잎이 돋을 것이다

지나온 세월이
나에게는 뿌리가 될 것이다

〈

오늘을 딛고 오는

내일

희망 2

아침 일찍 학교 길에 나가봅니다
학생들의 재잘거림이 골목을 채우고
힘 있게 걸어가는 모습이 보고 싶어서
그 모습을 보는 것만으로도
힘이 되고 용기가 납니다
저마다의 가방에 세상을 배워가는 책을 넣고
씩씩하게 걸어가는 그 모습
시작하는 아침에 즐거움이 넘치는 표정들입니다
빙그레 웃어지는 아침
등교하는 풍경은 희망입니다
이 나라를 책임지고 갈
우리들의 보석입니다

환갑

예순하나라는 숫자만큼
케이크에 초를 꽂고
예순한 송이
장미 꽃바구니가
내 앞에 당도한다
가족과 형제들이 한자리에 모여
환갑을 축하해준다
내게는 꿈같던 시간들
내게는 멀기만 한 것 같던 그날이
오늘 내게 당도한 것이다
육십갑자로 따져
내가 세상에 다시 태어난 것이다
이제 다시 시작이다
시작이라는 것은
모든 것을 내려놓을 수 있어서
가볍고 축복인 것이다

행복 1

냉장고를 정리한다
매운 것 비린 것
냉동고에 칸칸이 얼리고
이름표도 달아준다
내 가슴에 달려 있는
평범한 주부라는 이름
손으로 어루만져주며
평범한 일상에 감사한다
내가 비워 둔 자리가
얼마나 소중하고
가족을 지키는 힘이 되는지
냉장고 소리가 힘차게 들린다

행복 2

저녁을 먹고
탄천길을 걷습니다
한낮 더위를 거두는
저녁 바람이
불빛들에게 미소집니다
코끝에 전해오는 풀냄새에
여름밤이 무르익어 갑니다
내 걸음걸음
탄천길이 도란거립니다

이러면 좋겠습니다

초록이 뚝뚝 떨어지는 칠월
당신도 이처럼 싱싱하면 좋겠습니다

한낮의 더위에 한줄기 바람이 시원합니다
당신도 이처럼 자유로우면 좋겠습니다

후미진 곳까지 반짝이며 빛나는 찬란한 빛처럼
당신의 따뜻한 사랑이 함께하면 좋겠습니다

5부

나는 누구인가

야생화

나는 온실에 곱게 핀 꽃도 아니고
꽃밭을 지키는 꽃도 아닙니다
돌 틈 사이
뿌리를 내리고
바람 거센 들판에서
흔들리고 폭우에 젖으며
살아온 날들입니다
이름 없는 꽃이라도
피우고 싶어
꽃대가 꺾이는 날도 있습니다
그런 날은 더 낮게 피는 방법을 터득하고
내 이름을 알아보지 못해도
향기를 품을 줄 아는
들꽃으로 피어납니다

나는 나를 사랑합니다

오늘도 내가 가는 길에는

장미꽃이 아름답게 피어 있습니다

녹색바람이 코끝을 스치고 갈 때마다

풀냄새와 꽃향기가 나를 위로합니다

산다는 것은 누구에게나 아픔과 시련이 있고

그 길을 견디고 이겨나가면

기쁨과 희망이 있음을 알기에

지금 이 힘든 시간을 잘 지나야합니다

여기서 멈추면 좌절입니다

할 수 있음에 할 수 있어서 할 수 있다고

감사가 되는 이 순간의 행복이

나를 토닥이며 칭찬합니다

지금처럼 묵묵히 가면 됩니다

푸르른 이 계절이 나의 허기진 속을

충분히 적시어 줍니다

그 힘으로 나는 일어섭니다

천지만물을 지으시고 이 시간도

부족한 죄인을 사랑하여 주셔서

이 땅에 바로 서게 하여주신 하나님께

오늘 하루도 감사하는 마음으로

이 길을 갑니다

나는 누구인가

어려서는 울보
자라면서는 예쁜이
어른이 되어서는 겁쟁이
남 주기를 좋아해서 또줘
놀기를 즐겨서 백수

누가 또
나를 불러주지 않을까

아직도
내 안에 내가 많이 있다

인사동 거리에서

꽃잎 같은 웃음이 흐드러지던 사람

문학공부를 하며 거닐던 교정의 나무들

머리 맞대고 먹던 지하식당의 쌀밥

도시의 화려한 불빛 속에서도

환하게 추억이 되살아납니다

다시는 만날 수 없는 사람

되돌릴 수 없는 시간들

그때 먹던 그 밥맛이 아닙니다

인사동 거리를 걸으면

발길에 차이는 그리움

눈가가 촉촉해집니다

오늘

죽음의 문턱에서
돌아온 나는
한순간도 소중하지
않은 날이 없다
오늘이라는 선물을 받아
지난 추억도 돌아보고
늙어가는 모습도 확인한다
예전에 함께 걸었던 길에서
석양을 바라보며
내일이라는 기다림으로
붉게 설렌다

달빛 십자가

예배당의 십자가
예배당의 종소리가 울려 퍼질 때
많은 사람들이 하루에 감사하며
바쁜 발길을 옮깁니다
십자가의 아픔이 나의 두 손을 모으게 하고
달빛은 두 손 모은 모습을 환하게 비춰줍니다
바라만 보아도 힘이 되는 십자가
둥근달로 커가는 나의 모습은
저 달을 보면서 배워갑니다
하늘은 청잣빛으로 우리들에게
희망이 되는 밤하늘입니다

행복한 외출

나는 교회가 좋고 교회 가는 날이 행복하다

세상에 다시 태어나던 날부터

내게 일어난 엄청난 변화다

오랜 세월 큰 깨달음 없이 다니던 내가

뇌출혈로 쓰러져 주님의 따뜻한 손길로

다시 태어났고 그날부터 새사람이 되었다

주일 아침이면 행복한 외출을 준비하며

목사님의 설교를 듣기 위해 그곳에 간다

부족하고 볼품없는 나 하나를 위해

간절한 기도를 해주시는 목사님 부부

바람 한 점에도 나를 낮추고

자연의 신비로움에 빠져

모든 것이 다 귀하고 존경스럽다

풀잎 하나에도 감사가 되는 오늘

나의 마음과 영혼이 주님 안에 있기에

행복한 외출을 기다리며 오늘을 열심히 산다

솔바람 한 줌 같은 남자

한 남자를 사랑했네

솔바람 한 줌 같은 남자

그 한줄기 바람 같은 남자를 사랑했네

솔바람 한 줌에 흩어지는 노래

그 바람의 울음

그 바람의 영혼

그 바람의 몸짓

한 남자를 사랑했네

산 같은 남자

바위 같은 남자

물 같은 남자

감잎을 좋아하고

동백잎을 좋아하는

붉은 꽃잎처럼 슬픈 남자

솔바람 한 줌 흩어질 때

영원히 나 혼자 가지는 남자

노을빛 그리운 남자

값진 눈물

함께 손을 잡았습니다

한 길을 바라보며 함께 가자고

두 손 꼭 잡고 나선 길이었습니다

그 길이 험했고

산등성이를 넘고 또 넘고

그러나 마주잡은 손이었기에

한 마디 불평도 한 마디 원망도 없이

당신의 옷자락에 매달려 걸어가는 내조의 길

가시밭길도 함께라면 힘이 났습니다

기도하는 이 모습 이대로 채워주실 것을 믿으며

묵묵히 걸어온 육 년

그런 아내가 있었기에 여기에

등댓불을 밝힐 수 있었습니다

그 마음 아시기에

소중한 아내가 옆에 있었기에

이 순간 눈물이 뚝뚝 떨어집니다

당신의 눈물을 나는 보았습니다

그 눈물은 눈물이 아닙니다

보석입니다

멈출 수가 없습니다

우리는 더욱더 두 손 꼬옥 잡고

이 길을 가야 합니다

당신은 앞에서 나는 뒤에서 끌고 밀면서

아름다운 보석나무가 빛이 나는 그날까지

당신 곁에 있겠습니다

울지마세요

당신이 울면 내가 아파옵니다

우리 잡은 손 놓지 말아요

이제 여섯 살

좋은 날 많이 있잖아요

사랑합니다

분당광염교회 6주년 기념예배 때 사모님에게 가장 고맙고 미안하다 말씀하시며
눈물 흘리시던 목사님을 뵈며 쓴 시입니다

색소폰 연주자

어두운 굴속에서 검은 보석을 캐시던 아버지

아버지의 삶이 늘 걸쭉한 막걸리처럼 취해

비탈진 언덕길에 허름한 집처럼 불안해보이던 생활

그 속에서 늘 아버지의 고함소리가 나고

어머니의 울음소리가 들리고

아버지의 회초리를 맞으며 우울했던 청소년기

그 도시를 벗어나 가까운 벗을 만나고

하나님을 만나게 되고

나팔을 부는 사람이 되었습니다

삶의 한 조각 희망처럼

뭉게뭉게 피어나는 그 감정을

나팔로 불어가며 하나님을 찬양합니다

어렵고 힘들 때에 만난 하나님

내 삶 사는 날까지 나팔 불며

아버지 그 길을 가려고 합니다

내게 이 능력을 주시고 이 길을 주셨으니

오늘도 하나님 찬양 불면서

이 길을 묵묵히 걸어가겠습니다

아버지 사랑으로

짝사랑일까

나는 너를 키울때 말하는 모습이 너무 예뻐서
하던 말 또 하고 또 해도 어찌나 이쁘든지
묻고 또 물어도 행복했었다
하루종일 같은 말 해도 고개 끄덕이며 좋았다
너는 내가 두 번만 물어도 퉁명스럽고 싫지
나는 지금도 니가 하는 말 들어도 들어도 좋은데
짝사랑일까

당신은 나의 전부입니다

내 인생에서 당신을 빼면

나의 절반이 없어집니다

내 인생에서 당신을 더하면

든든하고 행복해집니다

내 삶을 얘기하다 보면

당신이 주인공이 되지요

내 인생에 보람이 뭐냐고 물으면

당신을 빼고는 할 말이 없지요

당신 만나 나의 절반이 채워지고

당신 만나 나의 전부가 행복이었어요

당신 때문에 아팠던 날들

당신 때문에 슬펐던 날들

당신 때문에 크게 웃었던 날들

내 인생에서 당신을 빼면

나는 아무것도 없습니다

내 인생에서 당신은 나의 전부입니다

들풀 같은 여자

풀내음 나는 여자

연약해 보이지만

쓰러지지 않는 여자

눈물 많은 여자

정 많은 여자

맑은 강물 같은 여자

작은 바람에도 흔들리는 여자

언제나 내 안에 있는 여자

그 몸짓까지

내가 사랑하는 여자

당신과의 사랑

당신과 함께 살아온 세월 속에서
울고 웃으며 행복했습니다
아득한 먼 옛날이야기처럼
당신은 내 안에 늘 주인공이 됩니다
아빠가 되고 엄마가 되고
그 이름의 책임을 다하고 싶어
열심히 살아온 길을 되돌아보면서
다시 가라하면 멈출 것 같습니다
당신의 나의 첫사랑이며
마지막 사랑입니다
아름답게 살아온 우리들의 사랑이
어디에서 빛이 될지는 모르지만
그 날 그 빛이 되는 날까지
당신은 나의 소중한 사랑입니다
당신이 있어 오늘도 나는
사랑으로 물듭니다

부부

부부가 뭔지요
서로가 귀하고 소중한걸 알면서
어젯밤에도 토닥거렸네요
둘이 사니 토닥거려도 금세 풀어지지요
둘이 놀아야하니까

부부가 뭔지요
서운함이 드는 건 그 순간이지요
살다보면 또 웃어지고 행복해지는 건
해당화 곱게 핀 섬에서 당신과 내가
고운 빛깔로 물들어가고 있는 것이지요

부부가 뭔지요
사십년을 살고도 아직 토닥거릴 일이 있으니
아직도 모르는 게 있는 거지요
심심찮게 토닥거리면서
정들어가는 게 인생이지요

함께 있습니다

어느 날은 솜사탕이 하늘에 있습니다
그처럼 희고 뭉글뭉글 부드럽고 달콤한

어느 날은 그처럼 무서웠던 천둥번개가
솜사탕 같은 구름 속에 있었음을 알았습니다

달콤할 것만 같았던 솜사탕이
무서운 행동으로 우리에게 왔습니다

기쁨과 슬픔은 함께 있습니다
울고 웃어야 하지요

달콤한 시절도 아픔의 시절도
견디고 일어서야 할 우리들의 삶입니다
이겨야 바로 설 수 있으니까요

만남 1

철없던 시절 우리의 만남은

운명 같은 인연이었습니다

함께 걸어온 길 꽃길만은 아니었지만

둘이 함께였기에

이곳까지 올 수 있었습니다

참 많은 것을 함께하면서 서로 의지하고

지치지 않을 수 있었던 것은

당신이 곁에 있었기에

돌아보면 굽이굽이 좁은 오솔길

당신의 어깨에 기대어 사랑 하나로

그 길을 걸어왔지요

오늘 이 시간에 웃을 수 있는 나를

당신이 만들어 주셨습니다

당신은 나에게 가장 소중한 사람입니다

만남 2

나는 오늘도 한 잔의 커피를 준비하고
함께 나눌 당신이 있어 행복합니다
좋은 당신으로 인해
나는 일어설 수 있었습니다
오랜 세월 당신과 손잡고 걸어온 길
나를 사랑하고 내가 사랑하는 사람들이 있어
내 삶이 빛나고 내 삶이 행복했습니다
우린 꽃피면 꽃길을 함께 걷고
비 오면 함께 우산을 받치고
낙엽 지는 길 삶을 이야기하며
눈 오는 아침이면 따뜻한 차 한 잔을
나누는 당신이 있어
오늘도 나는 이 삶의 여정이 행복합니다

만남 3

참 좋은 당신들을 만났기 때문에
쓸쓸한 세상길이 온통 꽃잎길로 행복합니다
아름다운 우리들의 만남이 있었기 때문이지요
비에 젖은 꽃잎처럼 내 삶이 지쳐있을 때
밝은 햇살처럼 내게 온 당신
당신의 그 햇살로 나는 아름다운 삶을 이야기합니다
진정 행복한 것은 함께할 당신을 만났기 때문입니다
서로 사랑하고 서로 배려하고 이해하고
나보다 서로를 더 아끼고 싶어하는 그 마음이 있어
이 밤도 당신 위해 기도합니다

끈

어릴 적 우리 집엔
우물이 있었다
그 우물물을 길어 올리는 두레박
그 두레박에는 끈이 길게 달려 있었다
결혼을 하고 보니
남편이 든든한 끈이었다
아이들을 낳고 키우다보니
아이들이 소중한 끈이었다
우물물을 길어 올리는 두레박처럼
우리 가족은 사랑의 끈으로
잘 묶여 있어서
행복의 물을 길어 올린다

너를 사랑한 시간들

그 가을날 너를 만난 건 우연이었다

낯설지 않았고 그냥 좋았다

세상이 붉게 물들어가는 날

나도 붉게 타고 있었다

그 시간들이 지금까지 뜨겁다

너와 함께했던 그 거리

너와 함께했던 그 찻집

가끔은 그 시절을 만나러 헤매곤 한다

시간의 흐름 속에 우리는 단단히 영글었지만

꽃피우던 그 날을 잊을 수가 없다

우리들의 아름다운 시간이

천년을 두어도 변치 않는 하나의 돌이 되어라

깊은 강도 아니고 넓은 바다도 아니고

조그만 샛강 달빛도 내려오고 별빛도 내려앉는

맑은 물줄기 속에서 단단한 차돌이 되어

오래오래 빛나면 좋겠다

너를 사랑한 시간들이 내게는 참 행복한 시간이었다

그런 행복한 날들을 끌어안고

오늘도 나는 세상의 방랑자로 사랑을 노래한다

마이산 대웅전 돌벽산

마이산 사찰 대웅전 앞에

돌로 쌓여진 높은 벽은

고개를 젖히고 바라보는 곳

혈관벽을 이루고 타고 올라간 능소화

구름도 산중턱에 걸려 쉬어가는 풍경에

힘들었던 나의 삶을 내려놓고

활짝 핀 꽃송이 앞에서

삶의 질긴 인연을 만나봅니다

저 험한 산을 오르고

그 곳을 꽃밭으로 만든 능소화의 생명력

생명이 없던 돌산에

생명을 불어 넣은 저 붉은 꽃벽

새벽부터 목탁소리로 공들이는

스님들의 기도소리로 아픔의 삶은

이토록 험한 돌벽을 꽃으로 물들였습니다

여기 저기 기도의 손길로 쌓아진 돌탑들이

안개비에 젖으며 합장하게 합니다

마이산 사찰 뜰에는 생명이 살고 있습니다

그것은 희망입니다

마음

줄 것이 정말 없다
널 웃게 해주고
널 행복하게 해주고 싶은데
가진 게 너무 없다
마음만 꽉 차있는데
줄 것은 내 마음뿐
마음은 보이지도 잡히지도 않아
너를 채워줄 수 있을지 모르지만
너를 사랑하는 마음까지 다 줄게
기운 잃지 말고 희망 잃지 말고
일어서기를 간절히 기도한다
내 마음이 힘이 되기를

부재중

교수님 제가 강의실을 잘못 찾았나요

304호 강의실이 텅 비었네요

보고픈 친구들도 오지 않았고

나 혼자 빈 강의실 둘러보고

캠퍼스로 나갑니다

등나무 벤치에는 낯선 친구들이 있고

우리들의 웃음소리는 교정을 날아다니는데

옛 생각에 잠겨 혼자 쓸쓸합니다

열심히 강의하시던 그 모습

그때가 언제였던가요

그리움에 찾아온 학교에서

한아름 그리움만 안고 갑니다

전화도 편지도 할 수 없는 곳

이 곳은 아침 저녁 선선합니다

그 곳도 초가을의 날씨인가요

교수님이 부재중인 학교 캠퍼스

추억에 빠져 그때로 돌아가봅니다

나의 삶도 이렇게

소금에 절여 놓은 듯 축 늘어진 나의 삶을
한줄기 소나기가 내려 추켜세웁니다
한 줌 햇살 등에 지고
오늘의 길을 걸어갑니다
황홀하고 아름답게 온 세상을 물들이는
붉은 노을을 만납니다
그 노을은 타다가 타다가 산넘어 강넘어
숲속으로 쏘옥 사라지고 맙니다
그 아름답던 노을이 온 세상을 물들이다가
그렇게 잠깐 사이에 지고 맙니다
나의 삶도 그토록 붉게 타다가
아름답게 가기를 소망합니다

그리움

꽃나무 밑에 꽃잎이 떨어져있고
감나무 밑에 감잎이 떨어져 있습니다
그렇게 되는 것이 당연한 일이지요
왜 그대와 함께 했던 곳에서는
그리움이 크고 있을까요
당신은 아시나요 왜 그런지
그리움은 보이지도 않고 가질 수도 없어
더욱 간절합니다
꽃잎이면 좋겠어 감잎이면 좋겠어
볼 수 있고 가질 수 있으니까
흔적도 없이 애태우는 것
내 그리움은 너무도 깊어서
아름다운 밤하늘에 별이 되었습니다

우리 집 놀러오세요

주인의 정갈함이 보이는 허름한 집 한 채가

자연 속에서 더없이 아름답습니다

텃밭에는 욕심 없는 채소를 심어놓고

이곳이 좋아 찾아오는 손님에게

차 한 잔을 따뜻이 대접합니다

차 한 잔을 마주하고 앉으면 넓은 창밖으로

아름다운 풍경화 한 폭이 걸립니다

사계절 바뀌는 이 풍경 속에서

집주인은 욕심을 내려놓고 나니 행복이 있다 하시네요

도시에 지친 사람들이 집주인의 삶을 부러워합니다

밤이면 달빛도 별빛도 봉당위에 내려와 앉는 곳

앞산에 턱 괴고 뒷산에 기대어 살다보니

어느새 내 나이 구십이라며 웃으시는 그 얼굴에서

자연의 향기가 납니다

누구든지 놀러오세요

아침을 맞으며

눈을 뜨니 아침입니다
얼마나 행복한 시간인지 압니다
어제 저녁 드라마를 보다 잠이 들었는데
밤새 그 시간 잘 잤다는 것이
얼마나 행복한 시간이었는지요
잘 자고 잘 먹고 아침 화장실까지
잘 다녀오는 것이 최고의 행복이지요
사람들은 알고 있을까요
사소한 일에서 행복을 느끼는 것을
매일 하는 이 작은 일들이 변함없이
영원하기를 기도합니다
잘 자고 잘 먹고 정해진 시간에 화장실을 가고
이 행복에 오늘도 나는 행복합니다

터널을 지나오면서

긴 터널을 지나왔다

그 어두움 속에서

무섭고 불안했던 날들이 있었다

터널 속에서 길을 밝혀준

작은 불들이 고맙다

어두운 터널을 지나고 나면

찬란한 햇살이 기다리고 있다

다른 세상이다

누구나 인생을 살다보면

터널을 만나게 된다

비켜갈 수 없다면 지혜롭게

어두운 순간을 잘 견뎌야

벗어날 수 있다

인생에 터널이 있어야

햇살의 찬란함을 알고

희망을 만난다

긴 터널 속도 암흑은 아니다

작은 불들이 길을 밝힌다

이것이 우리가 견딜 수 있는 힘이다

희망

너무도 그리워서 무작정 갑니다
당신이 머물던 작은 공원을 지나고
당신이 지나갔을 그 길을 지나고
한줄기 바람이 되어
나의 두 뺨을 시리게 때리는
찬바람을 안고
미칠 만큼 그리워 찾아갑니다
반겨주는 이 없고
쓸쓸이 돌아서 다시 오지만
푸르게 흘러가는 저 강물은
아무 말이 없습니다
한줄기 바람이 되어
당신의 창을 흔들어 보고 싶고
한 마리 새가 되어 당신의 창가에
지저귀고 싶습니다
이토록 그리움이 깊은 날은
저 강물도 더욱 푸릅니다

바람이 되고 새가 되고 싶은 날

볼 수 있다는 행복한 마음 하나로

희망을 안고 달려왔습니다

희망을 안고 돌아갑니다

호스피스 병동

원창고개 정상에 하얀 병동이 있습니다

계절은 푸른 잎으로 꽃보다 예쁘게 웃고

아픔을 안고 이 시간도 보고 싶은 사람

만나고 싶은 사람을 기다리는 당신의 모습은 천사입니다

세상이란 여행길에 미워했던 사람 있으면 용서하시고

사랑한다 말하고픈 사람 있으면 지금 하시고

무거운 짐 다 벗어 내려놓으시고

밤길 밝히는 달맞이꽃처럼 활짝 웃으시며

이 길 밝히세요

세상은 아직 따뜻해 아름다운 사람들이 있어

먼 길 떠나는 날에도 외롭지 않게 함께 하겠습니다

우리는 아름다웠던 날들만 기억할게요

하늘나라 올라가 빛나는 별이 되어

이 세상 비추이는 빛이 되어주세요

그날이 언제가 될지라도 울지 않겠습니다

긴 소풍길에 행복했던 날만 기억하고 싶으니까요

가을 작품

가을 작품 전시회를 보러

고향들판으로 갑니다

붉어가는 고추 붉어가는 대추

누렇게 익어가는 벼 이삭들

마당에 가득 핀 과꽃들

빨갛게 익어가는 예쁜 사과

알알이 박혀 영글어가는 수수밭의 열매들

내 아버지 내 어머니의 작품입니다

행복한 밥상

텃밭에서 뜯어온 이것저것을 씻어 상을 차린다

보석같이 반짝이는 하얀 쌀밥을 떠놓고

금방 뜯어온 야채로 밥을 먹는다

바쁜 중에도 밥 한 끼 나누고 싶다며

간다는 사람을 붙잡고 정성껏 밥을 해먹인다

함께 나누는 이 밥상머리에는 추억과 감동이 있다

오래 묵은 잘 발효된 사람들이 있어

밥상은 바쁘다

지난 시절에 우리는 그랬었다

한 숟가락의 밥도 정으로 나눠먹으며

추억을 얘기하고

오늘을 소중히 여기며

오늘 이 시간도 지나면 추억이 되겠지

행복한 밥상머리에서 웃음이 날아다닌다

기억을 건져 올리고 싶습니다

여름 장맛비에 앞도랑 뒷도랑 흙탕물이 무섭게 흘러가면

아버지의 손을 잡고 물 구경을 나가곤 했지요

왜 그랬는지는 잘 모르지만 세차게 흘러가던 그 물에

신발을 떠내려 보내곤 했지요

아직 새 신인데 짝 없는 신발을 보며 속상했던 마음

비가 그치고 그 개울물 따라 내려가다 보면

뒤엉킨 넝쿨 속에서 그 신발을 찾아오곤 했지요

잃어버린 나의 기억도

잃어버린 신발을 찾듯이 찾아오고 싶습니다

내 안에 소나기 한차례 내렸으면

어디에선가 걸려 있을 것 같은 나의 기억을

건져 올리고 싶습니다

상처

나의 마음을 아무리 할퀴고 할퀴어도

나는 그 상처로 너를 잊을 수 없다

내 가슴에 아무리 상처를 내어도

사랑했던 날들이 너무나 깊이 있어

빛나는 보석 하나가 빠져나오지 않는구나

우리들의 긴 세월 추억을

빼내려 할 때마다 더 깊이 박힌다

눈물에 씻기고 씻겨도 세월이 갈수록

더욱 반짝이는 그 빛은 영원한 우리의 추억이다

아니라고 부정해도 잊을 수 없는 것은

죽을 만큼 사랑하고 죽을 만큼 힘들었음을

우리 서로 알기에

추억의 긴 여운을 끌어안고 갈 것이다

서로의 흔적을 사랑하고 아끼면서

그렇게 세월이 가도 묵묵히 그 모습을 지켜보며

산처럼 물처럼 너의 곁에서

함께 흘러가고 함께 물들어가고 싶다

이끼 낀 우물에서 길어 올린 시심

박 경 순 (시인)

1. 향기의 시, 시의 향기 ; 사랑

권영분 시인은 2003년 첫 시집 『그리움 하나 강물에 띄우고』(뿌리)를 세상에 내놓은 지 12년 만에 두 번째 시집을 상재한다. 권 시인은 독자들을 너무 오래 기다리게 한 단죄를 다 갚기라도 하려는 듯 한 편 한 편이 활화산 같다.

필자와는 고 공석하 교수님이 주관하던 계간 〈뿌리〉를 통해 1990년대 후반 함께 등단한 동기이다. 그러니까 짧지 않은 세월을 문학이라는 그것도 시라는 바운더리(boundary) 안에서 인연을 맺어 온 셈이다.

대상에 대한 이미지를 하나의 단어로 압축하기란 참으로 어려운 일이 아닐 수 없다. 그렇지만 권영분 시인에 가장 어울리는 단어는 '사랑'이 아닐까 조심스레 생각해보며 이제 그 향기에 젖어 보려고 한다.

첫 번째 시집에서도 이미 "사랑은 사과꽃 향기 같은 것입니다"라고 읊고 있듯이 두 번째 시집에서도 사랑이라는 감로수를 우물에서 길어 올려 소반에 받쳐 놓은 것처럼 서늘하고 달달하기가 그지없다.

몇 천 굽이를 돌고 돌아

한 줄기 물이 되어

그대 곁에 가 닿고 싶네

산 속 깊은 곳에서

야생화를 키우다가

굽이돌아 낮은 곳에 이르는 물

철 따라 바뀌는 풍경처럼

내 마음 변화무쌍해도

그대 기다리는 숲 속

물줄기이고 싶네

                              ―「사랑」 전문

　군이 화려한 수식어나 거창한 사랑을 꿈꾸는 게 아니라 야
생화 같은 소박한 사랑으로 낮은 곳에 이르기를 소망한다. 우
리 삶의 궁극적인 목표는 사랑에 이르는 길이다. 그러나 현실
에서 사랑이 발붙일 곳은 아스팔트 위처럼 황량하다. 그 뿐만
아니라 계산적이고 개인적으로 흐르고 있다. 그러한 '사랑 고
픔'에 더욱 사랑을 갈망하는지 모른다.

　나는 온실에 곱게 핀 꽃도 아니고

　꽃밭을 지키는 꽃도 아닙니다

　(…중략…)

　내 이름을 알아보지 못해도

향기를 품을 줄 아는
들꽃으로 피어납니다
                              ―「야생화」중에서

 권 시인은 시를 통해 사랑을 읊조리고 사랑을 통해 시를 웅
얼거린다. 참을 수 없이 솟구치는 그 어쩔 수 없는 순정들을
받아 적을 뿐이다.

한 남자를 사랑했네
솔바람 한 줌 같은 남자

                    ―「솔바람 한 줌 같은 남자」중에서

초승달로 떠서
보름달로 커가는 사람

하늘을 환하게 비춰도
전부를 보여주지 않는다

둥글어서
다시 기다려지는 사람
                              ―「달 같은 사람」전문

밤을 밝히며 붉은 맨드라미 꽃잎 위

이슬로 맺혀 오시는가

뜨겁게 우는 매미 소리에

설잠에서 깨어보면

무거운 형벌 속에 가두고 있는

내가 보입니다

—「그대, 그리움」중에서

보고 싶어서 너무 보고 싶어서

호명산이 흔들리게 엉엉 울었다

아무리 좋은 풍경도

아무리 좋은 계절도

보고 싶은 사람이 없으면

그곳에 의미가 없다

—「보고 싶어서」중에서

시 한 편 한 편을 감상하다보면 이순을 넘긴 사람의 감성이 맞나 싶게 맑고 고운 마음결을 더듬게 된다. 그대 곁에 시가 있고 그대 곁에 내가 있어 행복감에 젖는다.

2. 노란집 ; 집 한 채 짓는 마음으로

권 영분 시인은 뇌출혈이라는 병마와 싸워 이기고 새로운

일상으로 돌아와서 그런지 숨소리마다 애틋한 생의 간절함이
묻어난다.

> 내 기억 속에 잘려 나간 시간들
> 병상에 있는 나를 보살피며
> 돌아오길 기다리며 비워 둔 자리
>
> ―「다시, 내 자리」 중에서

　생사의 기로에서 다시 찾은 일상은 한 순간을 사르는 불꽃
처럼 간절하리라. "물김치 한 통"을 담는 손끝에도 스며나오
고 "냉장고를 정리하"는 "평범한 주부"(「행복 1」)라는 자리
도 예사롭지 않다. "아침 햇살이" 스며 나오는 창가에서 "연록
색 고운 잎새"를 바라보는 마음이 새롭고 애절하다.
　권영분 시인의 감성어린 시선에 잡히는 사물들은 모두 고운
시심에 물들어 생명의 입김이 배어나온다. 그것은 아마도 욕
심 없는 마음과 제 분수를 아는 자족과 배려에서 나오는 것이
라 본다.

> 숲으로 큰 창문을 내고
> 뒷산을 정원으로
> 집을 짓고 싶다
> 바람이 불어오면
> 창틀에 소복이

송홧가루가 쌓이는 집
솔향기 풍기는 송홧가루로
내 마음 곱게 물들이고 싶다
하얀 걸레로 닦아내며
곱게 살아오지 못한 날들을
꾸짖어도 보며
예쁜 마음 다독거려
내 안의 나를 세워
집 한 채 짓고 싶다

— 「노란 집」 전문

한 폭의 그림이 그려지는 시다. 파트리크 쥐스킨트의 「깊이에의 강요」라는 짧은 단편이 떠오른다.

소묘 한 점에 무슨 깊이가 요구된다는 말인가. 권 시인은 유난히 솔향기, 생솔가지를 좋아하는데 아마도 자라난 고향의 내음이거나 어머니의 피를 닮은 게 아닌가 싶다.

3. 어머니 ; 그리고 가족의 힘

이번 두 번째 시집 『하늘갤러리』는 권 시인이 어머니를 얼마나 사랑하고 있는지를 담은 사모곡의 절창이다. 또한 시인의 어머니는 시인보다 더 시인다운 바탕을 지닌 분이라는 것도 알 수 있다.

쑥향이 진하게 납니다
쑥 한바구니 뜯으셨나 봅니다

딸기꽃처럼 볼이 예쁩니다
정성껏 키운 딸기물이 들었나 봅니다

풋풋한 풀내음이 납니다
봄나물을 캐오셨나 봅니다

라일락꽃 향기가 납니다
꽃나무 아래 풀잠을 주무셨나 봅니다

울 엄마의 향수는
엄마 품에서만 나는 자연향입니다

－「울 엄마」 전문

오늘 날 우리들의 삶이 물질적으로 풍요로워진 것은 놀랄만
한 변화임에도 내면적으로는 늘 무언가를 잃어버리고 살아가
고 있는 것 같은 상실감을 떨쳐버릴 수가 없다. 그 까닭은 자
연을 떠나 도시라는 공간 속에 살면서 길들여지지 않은 자연
을 닮은 본성을 지닌 존재이기 때문이다.

소백산 보며

그 산자락에 기대어 살아오신 어머니

—「어머니의 겨울 잠」 중에서

누가 저리도 예쁘게 빚어

내 창가에 달아 놓았을까

(…중략…)

내가 잠든 사이 누가 집어갈까 봐

한 번 더 바라보며 미소 짓는 밤

—「눈썹 달」 중에서

우리가 자연의 일부라는 것을 느낄 수 있는 것은 산을 바라보며 달을 바라보며 내 존재에 대한 자각을 본능적으로 알아차리게 될 때다. 권 시인은 어머니를 자연의 일부처럼 위대하다고 믿고 어머니를 떠나서 자신의 존재를 생각한다는 것은 거의 무의미하다.

삼월 초닷새 문을 열었습니다

초승달이 그림같이 떠오르고

빛나는 별들이 보석처럼 아름답습니다

잊은 듯이 살다가 바쁜 듯이 달려가다가

눈썹같은 예쁜 달이 걸리면

우리 엄마의 생신을 알게 됩니다

그런 날이면 온통 거리에도 산에도

아름다운 꽃들이 피어나고

온 세상은 꽃등불로 물들지요

이 세상 어느 명작보다 빛나는

삼월 초닷새라는 풍경

마음 가득 정성을 담고

두 손 가득 정성을 담아

그 작품을 감상합니다

언제까지나 문이 닫히지 않는

갤러리가 되기를 간절히 기도합니다

—「하늘갤러리」 전문

    초봄의 기운을 안고 태어나신 어머니의 생신을 찾아가는 권 시인의 발걸음은 하늘을 오를 듯 경쾌하다. 그러면서도 하늘에 걸리는 초승달처럼 어머니가 오래오래 살아계시기를 "언제까지나 문이 닫히지 않는/ 갤러리가 되기를 간절히" 바라는 마음으로 하늘을 올려다본다.

    엄마와 딸, 딸과 엄마로 이어지는 진한 모성의 핏줄은 "구십에 접어드신 엄마"가 차려주시는 밥상을 받아먹으며 "얼른 기운 내"(「엄마의 밥상」)서 세상 속으로 걸어 들어가는 힘이 된다. 그 내력은 "내 정신이 아주 맑지 못한데"도 딸에게 집 밥을 먹이고 싶어 "안절 부절못하"(「딸이 오는 날」)는 모성으로 이어진다.

    권 시인은 가족애가 유달리 깊어 시 구절마다 물들어 있다.

가족들과 관계된 음식이나 장소에 가면 예사롭지 않은 그리움의 물결을 타고 출렁거린다.

> 한 끼 식사보다
> 한 사발의 막걸리를 즐기신 아버지
>
> —「막걸리」 중에서

> 생전에 아버지가 근무하시다
> 퇴직하신 곳
>
> —「고향 면사무소」 중에서

> 남동생이 집 한 채 장만했다
> 어디든 평평한 땅에
> 옮겨 놓으면
> 그대로 집이 된다
> (…중략…)
> 우리 형제들이 한 집에 모였다
> 복닥복닥 웃음소리가
> 밤하늘에 울려 퍼진다
>
> —「집 장만하던 날」 중에서

권 시인의 형제들은 남다른 우애를 지니고 여러 가족들이 한데 어우러져 함께 뒹굴고 보듬으며 지내는 시간들을 많이 쌓아가고 있다. 구순이 넘으신 노모님에게 드리는 최대의 효도이자 일생일대에 누리는 지복의 표상으로 높이 찬사를 살만하다.

"인정이 많아 콩 한쪽도 나누"어(「내 동생 영선이」)줄줄 아는 착한 동생이 있어 뇌출혈로 사경을 헤매일 때 쓸쓸해지기 쉬운 병실에서 동생의 극진한 간호를 받은 다복한 시인이다.

4. 기도 ; 오늘이라는 선물

시를 쓰는 이유는 자신을 표현하고자 하는 욕구에서 비롯된다. 그런 의미에서 권 시인은 모든 사물들을 시의 영역으로 끌어들인다. 아니, 시의 일상, 일상의 시작이다. 시인의 시선이 사뭇 뜨겁게 꽂힌다. 다시 거론하건대 죽음과 사투를 벌여 본 사람만이 지닐 수 있는 본능적 감각이 아닐까 생각한다.

죽음의 문턱에서
돌아온 나는
한 순간도 소중하지
않은 날이 없다
오늘이라는 선물을 받아
지난 추억도 돌아보고
늙어가는 모습도 확인한다
예전에 함께 걸었던 길에서
석양을 바라보며

내일이라는 기다림으로

붉게 설렌다

―「오늘」전문

　누구나 소중한 오늘이지만 "석양을 바라보며/ 내일이라는 기다림으로/ 붉게 설레"일 줄 아는 연륜과 "죽음의 문턱에서" 돌아와 기적을 느끼는 오늘이다.

　그러면서 권 시인은 기도의 힘을 빌어 자신을 지키고자 한다. "오직 두 손 모아 기도하는 일"(「어머니의 기도」)이 소명이신 어머니에게서 대물림한 것이다. 우리 민족은 돌 한 부리도 소홀히 여기지 않는 지극한 정성의 비손이 있다. 손이 닳도록 빌고 비는 그 기도의 끝에 가 닿기를 원하는 권 시인은 "행복한 외출을 준비하"며 "간절히 기도해 주시는 목사님 부부"(「행복한 외출」)를 만나는 일이 새로운 일상으로 자리 잡는다.

5. 나를 찾아가는 여정

　사람은 태어나서 성장을 하고 대부분 결혼을 해서 가정을 꾸리며 살아간다. 부부라는 이름 앞에 얼마나 많은 희비가 엇갈리며 무너지기도 하는지.

　권 시인은 "사십 년을 살고도 아직 토닥거릴 일이 있"는(「부부」) 부부가 뭔지를 묻는다.

　그래도 권 시인은 "철없던 시절/ 우리의 만남은 운명 같은 인연"(「만남 1」)이었노라며 부부란 운명과도 같은 만남이라고 받아들인다. 아울러 "당신의 마지막 사랑"이고 싶어 끝까지 노력하고 함께 할 것을 믿고 다짐한다.

"할미 할미 부르는 소리에/ 나는 할미꽃처럼 되어"(「웃음 소리」) 손주의 웃음과 재롱에 노년의 행복이 무르익는다.

그러면서도 끊임없이 '나'의 존재감을 잃지 않으려고 자신의 내면을 가꾸고 들여다보는 일에 게으르지 않는다.

어려서는 울보
자라면서는 예쁜이
어른이 되어서는 겁쟁이
남 주기를 좋아해서 또 줘
놀기를 즐겨서 백수

누가 또
나를 불러주지 않을까

아직도
내 안의 내가 많이 있다
　　　　　　　　　　　－「나는 누구인가」 전문

나는 그녀에게 더 많은 이름을 불러 주고 싶다.

천상 시인, 천상 소녀, 한국의 시바타 도요(일본의 시인『약해지지 마』의 저자)라고 부르며 내가 잃어버리고 살아가는 것이 무엇인지 돌아보고 싶다.

　권 시인을 떠올리고 권 시인을 만나는 일이 그 옛날 고향집의 이끼 낀 우물에서 긴 두레박으로 길어 올린 물 한 모금 마시는 것과 같다.

　그 우물이 마르지 않고 더 깊이 웅숭하게 시심이 고이기를 간절히 바란다. 메마른 곳 어디라도 아낌없이 퍼 올려 주위를 촉촉하게 적셔줄, 솔내음 풍기는 권 시인을 떠올리는 일이 내겐 크나 큰 축복이다.

　　　어릴 적 우리집엔

　　　우물이 있었다

　　　그 우물물을 길어 올리는 두레박

　　　그 두레박에는 끈이 길게 달려 있었다

　　　결혼을 하고 보니

　　　남편이 든든한 끈이었다

　　　아이들을 낳고 키우다보니

　　　아이들이 소중한 끈이었다

　　　우물물을 길은 사랑의 끝으로

　　　잘 묶여 있어서

　　　행복의 물을 길어 올린다.

　　　　　　　　　　　　　　　　　－「끈」전문

아픔을 승화시켜 피우는 꽃

고 도 원 ('고도원의 아침편지' 운영자)

아파해본 사람이 세상의 아픔을 알아주고 보듬어 줄 수 있습니다. 권영분 시인은 아픔을 아픔으로만 남겨놓지 않고 오히려 승화시켜 꽃을 피우는 참 아름답고 고마운 분입니다.

권영분 시인의 시를 읽고 있으면 아픈 데가 낫는 것이 아니라 그 아픔이 있어 내가 있음을, 그 아픔이 내겐 엄청난 선물이라는 것을 가슴 절절하게 느끼게 해줍니다.

자연을 바라보는 물과 같은 시선, 사람을 바라보는 해와 같이 따뜻한 시선, 마음과 마음을 이어주는 아름다운 그 치유의 시선이 머무는 곳에서 피어난 꽃과 같은 시어들이 그래서 오늘도 나의 힘이 되어줍니다.

사랑합니다. 감사합니다. 존경합니다.

깊은 우물에서 길어올린 시어들

김 정 수 (방송작가)

어머니에 대한 시들이 편편이 다 슬프고 아름다웠습니다.
「물김치 한 통」도 참 아름답다고 느꼈습니다.

가식 없는 글들이었기에, 불필요한 장식들이 없는 진심어린 글들이기에 제 마음을 흔들었지요.

화장기 없는 맨 얼굴의 고운 여인의 모습이랄까? 한여름 밭에서 자식들을 위해 온몸이 땀으로 젖어가며 김을 매시던 우리들의 어머니 모습 같은 그런······.

표현은 쉬우나 깊은 우물에서 길어 올린 것 같은 그런 글이었지요. 벌써 읽은 지 오래이긴 한데 소박하고 진실된 시언어들이 그 어떤 화려하고 유력한 문자들보다 더 마음에 와 닿았던 생각이 납니다.

시처럼 고운 책이 상재되기를 바랍니다.

꽃송이에 배어있는 향기처럼

신 준 식 (시인, 자생병원 이사장)

　권영분 시인은 삶과 죽음의 문턱을 오르내린 경험을 토대로
생명에 대한 소중함과 운명에 대한 겸허함을 이야기합니다.
나아가 자신의 감성을 시로써 동화처럼 표현하여 읽는 이로
하여금 진심을 자극하여 공감대를 형성하게 합니다.

　　구십 세의 엄마 생신날
　　조카가 보낸 꽃바구니
　　커다란 바구니 속에 여러 가지 꽃들이
　　아름답게 꽂혀 있습니다
　　보고 또 보시면서 기뻐하시는 엄마에게
　　엄마의 꽃바구니를 얘기합니다
　　엄마의 삶은 이 바구니의 꽃처럼 다양했습니다
　　모양도 다르고 향기도 다르고 빛깔도 다르고
　　그렇지만 살아오신 날을 돌아보니 엄마의 삶이
　　하나로 뭉쳐져 이처럼 향기가 납니다
　　엄마 참 아름답습니다
　　엄마가 걸어오신 그 먼 길이

지금 한바구니 꽃처럼

향기롭고 아름다운 삶이셨습니다

그 향기로 우리들은 행복합니다

　　　　　—「엄마의 삶은 향기입니다」 전문

　여러 가지 꽃들처럼 엄마의 삶이 이 꽃처럼 다양했다는 말
은 엄마의 삶 자체가 꽃 한 송이 한 송이에 배어있는 향기처럼
추억이 아름답다는 것, 삶이 소중하다는 것을 표현한 것입니
다. '엄마의 삶이/ 하나로 뭉쳐져 이처럼 향기가' 난다는 구절
은 엄마의 향기가 꽃바구니 삶으로 표현되어 그동안 살아온
삶 자체를 향기로 표현한 점이 매우 돋보입니다.

　그는 읽는 이로 하여금 향수를 불러일으키게 하는 시인입니
다. 뇌출혈로 쓰러져 병마와 싸우며 두려움을 떨쳐내기 위해
쓴 600여 편의 시는 권영분 시인을 건강하게 회복시키는 큰 영
양제가 되었으리라 믿어 의심치 않습니다.

　앞으로도 권영분 시인의 건강하고 왕성한 집필 활동을 응원
합니다.

감사의 글
아직 꿈에서 깨어나지 못한 시간들

권 영 분

한 편 한 편을 눈물로 썼습니다.

2013년 유난히도 좋아하는 가을날 뇌출혈로 거리에 쓰러졌습니다. 얼굴도 알지 못하는 고마운 분의 도움으로 119에 실려 병원에 입원하고 어려운 시술 끝에 중환자실과 집중치료실을 거쳐 다시 태어났습니다. 사람 살아가는 일이 내일을 알 수 없듯이 건강하던 저였건만 사랑하는 가족들과 지인들에게 고마움도 모른 채 제게서 없어져버린 2개월의 시간, 이 시간의 기억이 제게는 없습니다.

아직도 꿈같은 이야기

나약했던 모습을 보여준 제가 싫었습니다. 하지만 이제 다시 돌아와 제자리에 섰습니다. 제가 이토록 치유가 된 것은 나에게 문학이란 큰 힘이 있었고 사랑하는 많은 분들이 함께 해주셨기에 가능했습니다.

2년 동안 육백여 편의 시를 썼습니다. 마음 창고에 들어있는 추억들과 그리움을 꺼내보면서 이 마음을 어찌할 수 없을 때 글을 썼고 이 시간은 제가 모든 것을 잊을 수 있어 행복했고 편안했고 저를 찾아가는 시간임을 알았기 때문입니다

울고 싶었던 많은 날들

삶의 무게에 지쳐 힘들고 외로울 때 떨어지는 낙엽 한 잎에
도 감사하며 기도했고 저의 아픔이 하얀 눈송이처럼 황홀하게
내리고 흔적도 없이 사라져 줄 것을 믿었습니다.

아직 꿈에서 깨어나지 못한 시간들

잃어버린 지난 시간을 찾으려고 무던히도 애를 썼지만 나는
지금도 잘 모릅니다. 그러나 상처 난 순간순간들을 한편의 시
로 꽃피우고 오늘 이 시간에 살아있음을 감사하며 기도합니
다. 모든 이들과 함께 한 사랑과 기쁨의 힘 덕분에 갈바람 불
어오는 세상으로 부끄러움을 안고 이 한 권의 시집을 보냅니
다.

이런 시간이 오기까지 큰 산이 되어주시고 소중한 보물같은
존재가 되어주신 어머니와 사랑하는 나의 동생들, 제게 온 정
성을 쏟아준 나의 남편, 아들·딸, 듬직한 사위, 무엇보다도 제
게 웃음을 주는 귀하고 소중한 두 손주 선우와 정우, 고통 속에
있을 때 저의 손을 잡아주신 주님, 늘 따뜻하게 안아주신 목사
님과 사모님, 교회 가족들, 사랑하는 친구들과 선배님들, 외로
울까 아침저녁 챙겨주는 오랜 나의 이웃 성남 언니들, 가까운
곳에서 가족처럼 지내는 윗층 언니, 한뿌리의 식구로 살아가
는 뿌리 동인들, 그리운 이들의 모임……. 이 모든 분들의 따
뜻한 마음과 손길로 제게 오늘이 있었습니다.

시집을 세상에 내놓기까지 큰 도움이 되어주신 안석근 교수
님과 박경순 시인님 그리고 바쁘신 와중에도 부족한 저의 시

를 보시고 격려해주신 고도원 선생님, 김정수 선생님, 신준식 선생님께 크나큰 감사의 마음을 표합니다. 어려움 속에서 써 온 나의 시들이 세상에 나가 지치고 힘든 이들에게 조금이나마 힘이 되어 주는 글이 되어주기를 바라는 간절한 마음입니다

8월의 산들이 더위에 지치고 늘어질 때 한줄기 소나기가 지치고 힘들었던 삶을 다시 일으켜 세웁니다. 얼룩진 나의 얼굴을 이슬로 씻어 내리고 그 열정과 그 향기로 아름답게 살고 싶습니다.

세상의 모든 것을 사랑하면서!

함께 해주시고 사랑해주신 모든 분들께 지면을 통해 인사드립니다. 고맙습니다. 잊지 않겠습니다. 사랑합니다.

— 권영분

하늘갤러리

ⓒ2015 권영분

초판인쇄 _ 2015년 9월 18일

초판발행 _ 2015년 9월 25일

지은이 _ 권영분

발행인 _ 홍순창

발행처 _ 토담미디어

서울 종로구 돈화문로 94(와룡동) 동원빌딩 302호

전화 02-2271-3335

팩스 0505-365-7845

출판등록 제2-3835호(2003년 8월 23일)

홈페이지 www.todammedia.com

편집미술 _ 김연숙

ISBN 979-11-86129-26-5 *03810